胡蝶

李起昇

Kotyo

胡蝶

Kotyou

装丁：野村道子
ＤＴＰ：有限会社エムアンドケイ

もくじ

1

金民基《キムミンギ》は図書館から出た。左肩には黒色のリュックを引っ掛けている。中にはタオル、ティッシュ、ペットボトル、大学ノートと筆記道具が入っていた。年金生活となり、することもないので図書館が出勤先のようになってしまった。毎日決まった時間に出かけ、何冊かの本を読み、そして夕方になると退出する。

図書館の周りは大きな公園になっている。ハナミズキや藤が終わり、今は遠くの茂みで躑躅《つつじ》が満開である。そんな光景をどこか遠くから眺めている自分がいる。物心ついた頃から、ここは自分のいる場所ではないという思いが消えない。

彼は丸い木の杭で縁止《ふちど》めされた土の階段を降りる。降りたところに大きな池がある。魚釣り禁止の立て札が立っている。そこを左に進むと、公園を出る。右に回ると公園を周回する道に入る。急ぐ時は、彼はそのまま左に回って公園を出、スーパーのあるけやき並木の道に出る。しかし運動不足と感じる時は、右に回って池の周りを半分ほど回り、坂道を登って丘に出る。そこから右に回ると、三十分ほどで公園を一周する。丘からそのまま真っすぐ進むと、更に大きな21世紀公園という、森と水の豊かな公園に出る。

図書館の閲覧室で一日中本を読んでいると、体を動かしたくなる。それで彼は歩く。歩き続けて、生きている自分を感じ取れるようになるまで歩く。彼は池の縁を右に回った。犬を連れた人が何人かいて、いずれも犬の糞を持ち帰るための道具を入れた小さな籠をぶら下げている。犬は舌を垂らし、嬉しそうにあちこち嗅ぎまわりながら歩いている。

一人のスカート姿の中年婦人が樹を見上げて小さなメモ帳に何やら書き付けている。この女性は今までにも何度か見かけたことがある。彼女はメモを書き終えると、腕に提げたバッグから携帯電話を取り出して、樹にかざす。そしてスイッチを押したようだ。どうやら写真を撮ったらしい、と思う。歳は自分より上のように見える。だから老年といったほうがいいのかもしれない。しかし寿命が伸びたせいか、老年というのは七十歳以上のような感じがする。六十代で足腰がしっかりしていると、まだまだ中年だろうと思う。

金民基もトラックの運転手をしていた頃は、会社支給の携帯電話を持っていた。電話は会社との連絡に使うだけで、それ以外には使ったことがなかった。写真の機能もメールの機能もついていたが、使わなかった。いま彼には携帯電話も固定電話もない。掛けてくる人も掛けたい人もいなかったから、あっても役に立たなかった。

彼は一人暮らしである。若いころ一度結婚したが、四年ほどで離婚した。妻は三歳の娘を連れて彼の下を去った。それ以来三十年ほど、ずっと一人暮らしである。六十になって運送会社を定年退職した。しかし、まだ気力も体力も充実している。三カ月ほど職安に通って、次の職を探してみた。しかしパソコンの使い方を知らない者には、建築現場や危険な作業現場しか募集がなかった。その上年齢不問というのは先《ま》ず無い。六十を過ぎると人間は用無しなのだと知った。彼は職探しを諦めた。諦めた最大の理由は、働かなくても生きていけると分かったからだった。

年金は月に四万二千円である。家賃は市営住宅だから安い。三万四千円だ。残った八千円は水道光熱費で消える。食費の三万円はいままでの預金を取り崩している。六十五歳になれば、年金は月に八万五千円ほどになる。そうすると毎月一万円は預金できるようになる。無理して働くこともないな、と彼は思った。それ以来毎日図書館に通うのが彼の仕事になった。

若い頃から韓国の歴史や文化に興味があった。しかし当時は日本語で書かれた本はそれほど多くなかった。たまに見つけても日本の歴史書よりは、かなり割高だった。それで中をパラパラとめくって見るだけで諦めるのが常だった。

彼は東京の私立大学に通った。大学には大して努力しないで合格した。それ以上努力して上を目指す気はなかった。しかし一方で彼は、良い大学を出て良い会社に就職することがいいことだと思っている人間の一人だった。しかし公務員になったり、一流の企業に勤めようとすると、日本の国籍が必要だった。そのような現実に直面すると、帰化をすべきかどうかということで悩まなければならなくなる。もしかしたら自分は楽な暮らしの誘惑に負けて日本に帰化してしまうかもしれない、と思った。彼はそうなるのが嫌だった。それで適当に勉強して、それで、そこそこ有名な大学に入った。悩まないためには、いい成績を取りすぎてはならなかった。

彼の父親は朝鮮人でありながらチョウセン人が大嫌いだった。一方で自分をチョウセン人嫌いにした日本人には絶対に負けたくないという男だった。父は六歳の頃から日本の商人の家に丁稚《でっち》奉公に入った。言葉はバイリンガルになったが、日本語が持つ差別意識を無批判に受け入れてしまった。だから口を開くたびにチョウセン人を罵る言葉を連ねるのが常だった。チョウセン人が大嫌いだった父親は、自分と同じく文盲で家族に尽くすしか能のない妻を馬鹿にしていた。母は口数の少ない人だった。夫に反論はしなかったけれど、母はチョウセン人も日本人も差別しなかった。そして子供たちの人格を尊重していた。

父親が息子に、

「利用できる友達をたくさん作らないでどうする！」

と説教すれば、

「友達は利用するために作るのではありません。そんな考えで友達を作ってはいけませんよ」

と、あとでこっそり補正していた。人間とは如何にあるべきか？　母のそうした視点があったから、彼はグレることもなく、何とか生きてくることができたと思っている。そうでないと、人を罵り、世の中を呪うことしか知らない父親だけだったら、道を外れてヤクザかなんかに成っていたに違いないと思うのだった。母の笑顔を思い出すたびに、心が和むのが分かる。自分の居場所がどこにもなくても、母だけは自分を拒否しない。

大学では韓国文化研究会というサークルに入った。時代は朴正熙《パクチョンヒ》の軍事独裁政権に反対する運動で盛り上がっていた。彼はそういう運動には背を向けていた。なすべきは自分自身の民族性の回復であって、祖国のことは祖国の人間に任せていればいい、というのが、彼の態度だった。民族性の回復については、これも彼の考えはだいぶ変わっていた。彼は自分たちは「日本人だから」韓国人であろうとするならば、勉強しなければならないというものだった。しかし彼以外の学生は、自分たちは「韓国人だから」韓国文化を知らなければならないと主張した。自分たちが日本人などとは、とんでもないことをいうな、というのが全員の反応だった。皆の理屈は「親が韓国人なのだから、その子が韓国人なのは当然だ」というものであった。しかし彼は国籍と民族を混同すべきではないと主張した。「親が韓国籍だから子供も韓国籍だというのは、現在の国籍法上は正しい。しかし親が使う言語は韓国語で、子供が使う言語は日本語だから、親は韓国民族ではあっても、我々子供世代は日本民族である」というのが彼の考えだった。「もし我々が韓国民族ならば、韓国文化を知っているはずだから、韓国文化を学んで韓国人になるというのは、論理矛盾である。日本人だからこそ、韓国文化を学んで民族性の回復を図らなければならないのだ」と主張した。しかし彼の主張に耳を傾ける者は誰もいなかった。

そして彼を否定する者たちは、韓国大使館にデモを仕掛けたり、民族について熱く語っていた。彼は角棒で世の中を変えられるとは思ってなかった。また、日本民族の一員である在日は、韓国民族について語るだけの能力がないと思っていた。「われら韓民族は」といいながら、多くの学生が語っているのは、日本民族の一員である在日についてのことばかりだった。祖国の統一について語っても、理想論ばかりである。彼が冷静に、

「同じ事を明洞《ミョンドン》のど真ん中でいってみろ。韓国の人間は、日本人が何か叫んでいる、としか思わないぞ」

というと、祖国統一の議論で頭が熱くなっている連中は、彼を白い目で睨んだ。

彼は当時の主流をなしていた、民族アイデンティティーを確固たるものにしなければならない、という考えには疑問を抱いていた。民族でいえば在日の二世以下の多くは日本民族だった。そんな人間が依って立つべきは、人間としての立場だった。民族を強調すればするほど日本民族と韓国民族との差が際立つ。それは争いのもとである。だから人間としての共感がなければ民族を強調しても無意味だと彼は思っていた。

彼は日本は、人間性を無視した政策をとっていると判断していた。だから反発したのである。他の者たちのように民族性を無視していると思ったから反発したのではなかった。彼からみると多くの学生は使っている言葉の概念が曖昧であり、時代の雰囲気に流されているだけのように見えた。しかし彼のいうことに耳を傾ける者はいない。それで彼は、己の思いを大切にしつつ、日本に膝を屈しないで生きるためには、一人ぼっちで底辺の暮らしをするしかないと覚悟した。納得出来ない民族論をかざす仲間に迎合したくなかったし、日本人になってまで生きる機会を得ようという気にもなれなかったからだ。

学校の成績以外に取り柄がない彼には、生きにくい時代だった。成績が良くても彼には職がなかった。能力の有無にかかわらず、彼にはアルバイトの延長線上で生きていく人生しかなかった。そのために生きる気力が萎え、惰性で彼は生きていた。彼は、成績により立身出世を勝ち取るのがまともな人生だと思っていたから、その路線から外れた自分が負け犬に見えた。日本人だったら、あいつらには負けぬと、名のある会社に就職していく同じゼミの日本人の学友を横目で見ながら、彼は絶対に帰化なんかしてやるものかと、心に誓っていた。

韓文研に来て議論をし、日本の差別を非難する学生たちは生き生きとしていた。矛盾していようが間違っていようが、男子学生たちには大言壮語して同じ在日の女子学生を惑わせ、そして自分のものにするだけのエネルギーがあった。彼らは人生を語り、恋愛を謳歌していた。彼はそれを遠くから見ているだけだった。彼は日本の社会からも、在日の社会からも落ちこぼれていた。

落ちこぼれてしまった彼には、見る、という人生しか残されてなかった。それは物心ついた頃から慣れ親しんでいた生き方でもあった。自分は日本が排除し、忌み嫌う存在だった。生きているのに、人間だとみなされない存在だった。自分は日本に生まれた時から死んでいるのだ、というオリのような思いがつきまとっていた。だから彼は、俺たちを生きさせない日本がなんぼのもんか見てやろう、という、そんないじけた心で外界を眺め続けることにした。上役が話すのを見、同僚が話すのを見、取引先が話すのを見、怒る声を見、笑う声を見てきた。単に時間の経過と共に、自分の眼の前で起こっていることや、それに付随する光景を見てきただけだった。心はこの世をさまよっていた。どこも自分が居てもいい場所ではなかった。

暇に任せてテレビはよく見た。大抵はドキュメンタリー番組か、文化番組だった。歌やドラマはあまり見なかった。事実を見ることは楽しかったが、作り事を見るのは好きではなかったからだ。

アナログ放送が終わるというので、彼は小さくて安いデジタルテレビを買った。最先端のテレビは、ハードディスクを繋ぐと録画ができるというので、店員が勧めるままにセットで買った。試してみると実に便利だった。デジタルテレビを買ったことで、世の中に韓国ドラマが大量に放映されているということを知った。それまでは韓国のドラマを日本で見られるなどとは、夢にも思わないことだった。

ただアナログで放映された「冬ソナ」は、それまでに見たことがあった。世の中で話題になっていたから見てみたものの、甘ったるい恋愛話しについていけなかった。「なんじゃこりゃ?」と思ってスイッチを切った。どうして韓国のものが日本で受けるのか理解できなかった。韓国とは存在してはいけないもの。韓国人とは、生きていてはいけないものじゃなかったのか?と自問した。今さら韓国を評価するなどとは、ありえない話しだった。

彼は大量に放映されている韓国ドラマを、録画して見るようになった。初めの内はきちんと再生して見ていたが、その内に時間に追われるようになった。それで倍速で見ることにした。字幕さえ見ている分には、等速でも倍速でも変わりはなかった。倍速にすると音が耳障りなので、音は消した。そうやって一時間のものを三十分で見ることができるようになり、快適になった。歴史物を多く見て、今まで知らなかった韓国の歴史を勉強した。

歴史ドラマを見ていて思うのは「国のため」といいながら皆、自分のことしか考えてないということだった。日本だったらこんなことはないな、と思う。権力を相手に渡してでも国を救おうとするだろうと思う。勝海舟は敵である西郷隆盛に頭を下げて、江戸城を無血開城した。一般市民を巻き込むことなく政権移譲を果たしたのである。あれが真に「国のため」だったと思う。歴史ドラマに出てくる高位高官の「国のため」は何一つとして国のためになっていなかった。情けない奴らだと、彼は自分の国の歴史を呪った。そしてドロドロとした権力争いと嫉妬の世界を見て「こんなだから国を失い、日本の植民地になってしまったんだ」と思う。韓国人なんてのは碌《ろく》な民族じゃない、と再確認した。そしてこいつらと同じ民族だなんて、情けない限りだ、と思うのだった。

現代もののドラマは、金持ちが主人公の場合は権力と、妬みと、策謀の世界である。貧乏人が主人公の場合はコメディーになる。李朝《りちょう》の身分制が未だに意識の面で働いているから、金持ちは権力争い、貧乏人はコメディーという図式化した作り方をしているのだろうと思った。

一つだけ感心するのは、目を覆いたくなるような恥ずかしい歴史を「李朝実録」のような記録にきちんと書き残しているということだった。恥ずべき歴史が延々と繰り返され、そしてそれがきちんと記録されている。恥ずべき歴史から学び、恥じない歴史を作った人間は誰もいない。恥知らずな歴史が五百年も書き綴られている。何ともこれは耐えられない事実だった。よくもこれだけ馬鹿げたことを五百年間も続けてこられたものだ、と思う。書き残した奴らは、仕事だったから、単に目の前で繰り広げられていることを淡々と書き残しただけなのだろうか？　司馬遷《しばせん》のように、歴史に対する思いはなかったのだろうか？　自分の国が救いようのない馬鹿げた国だということを記録し続けた歴史官たちはどんな思いで生きたのだろうか、と思う。彼らは今の自分のように、生きることを諦め、己を虚しくし、目の前を通りすぎていく歴史を機械的に書き残しただけだったのだろうか？　生きた証として歴史を記録したのではなく、自分が生きなかったという証として歴史を書き残したのではないだろうか？　そうでないとこれだけ恥ずかしい歴史を書き残すことなどできないだろう、と思うのだった。

そして彼はこういうどうしようもない歴史の結果として、朝鮮が、日本の植民地となるのは必然だったのだと考えた。支配階層である両班《ヤンバン》以外を生きていけなくしていながら、両班階層は無責任で、ヨーロッパ貴族のようにノブリス・オブリジという貴族の責任を自覚することもなく、搾取ばかりを繰り返してきた。そんな恥ずべき歴史の結果は、日本に、自分たちの国全体が搾取されるというものだった。笑うべしである。馬鹿な先祖たちのおかげで自分は日本に生まれ、人生を浪費した。浪費したこと自体は自分の責任だが、そこに追い込んだのは、情けない歴史を繰り返してきた連中である。笑うべしである。チョウセン人とは唾棄すべき民族である、と彼は次第に韓国ドラマを見なくなっていった。

彼は六十年間生きてきて、友達と呼べる者がいなかった。日本人とは距離を感じるし、同じ在日とは意見が合わなかった。それに彼が勤めたのは日本の会社ばかりである。外食チェーン店、配達業者、建築会社、警備会社、そんなところを転々とした。最後は長距離トラックの運転手だった。同じ在日は滅多にいなかった。いても通名《つうめい》を使っており、彼が一人きりの時に耳元で「実は俺も在日なんだ」とこっそりと告げるのがせいぜいだった。

彼は他人を見るような目で自分を見続けていたためか、なかなか人とは親しくなれなかった。生きているという意識が希薄だったから、仕事もいわれたことを淡々とこなすだけだった。こうすればもっと良くなると思うことがあっても、口には出さなかった。自分はよそ者だという思いが、いつも気分を白けさせていた。それで仕事に必要な会話をするだけで、雑談に加わることも、飲み歩くこともなかった。誘われれば居酒屋にも行ったが、専《もっぱ》ら話しを聞いているだけで、自分から話すことはなかった。そして退職してみると、電話を掛けて話しをしてみたくなる相手もいなかった。たまに電話が掛かってくると間違い電話である。それで節約も兼ねて電話を止めた。手紙はダイレクトメールしか来ない。孤独死しかないな、と思う。六十年生きてみて、友達が一人もいないのだった。さすがに生き方を間違えたか？　と部屋にぽつんと座っている自分の背中を見下ろした。

樹の写真を撮り終えた女性がこちらを向き、目が合った。彼女はゆっくりと会釈をする。彼もまた少し頭を下げる。目、鼻、口、のいずれも作りの大きい人である。若い頃はそれなりに美人だっただろうと思う。彼は歩く速度を変えない。彼はそのまま中年婦人の側を通り過ぎた。

何をしてるんだろうと思う。樹の研究でもしてるんだろうか？　それにしては服装が優雅すぎる。研究や作業をするための服装ではない。そして彼はいつものように自分にいう。ま、俺の知ったこっちゃない。

　彼はそのまま歩いて公園を一周し、それからけやき並木の道に入った。向かい側にスーパーマーケットがある。左手に進むと少し先に私鉄の駅がある。けやき並木は鬱蒼《うっそう》としていて日が差さず肌寒かった。

　彼は一日に一食か二食しか食べない。我慢してそうなのではない。腹が空かないのである。今日も朝食を食べそびれ、いつしか空腹を感じなくなり、夜になった。何を食べるかを考えるのは苦痛だった。彼は料理が大嫌いだった。それで野菜炒めか煮物か、カレーといった、何種類かのレパートリーの中の一つを作ると、小分けにして冷凍庫に入れ、一週間同じものを食べた。死なない程度に食べるだけだったから、それで充分だった。しかし毎日同じ物を食べるのも疲れる。それで今日は一日中何も食べずに寝てしまおうか、と思う。しかし力が出ない。このまま死ぬ気なら何も食べずに寝ていれば死んでしまうだろう。しかし彼は、まだ死ぬ気はなかった。それで何を食べようかと考えざるをえない。これは苦痛である。何も考えない内に目の前に食べ物がどんと出てくるのが良い。気が楽だ。運送会社に勤めている時は、定食屋に入って定食を頼めばそれで終わりだった。しかし年金生活になると、食堂で食べるという贅沢をするだけのお金はなかった。

何か簡単な食い物はないか、と考える。カップラーメンも食い飽きた。茶漬けも面倒だ。ふと、冷や奴を思いつく。生姜が冷蔵庫にあったから、生姜と葱で冷や奴を食べよう。あれをオカズにすれば飯を食えるだろう。そう思って駅前のスーパーに戻ろうとするが、既にスーパーからは五百メートルほど離れている。空腹による疲れで、今さら駅前のスーパーまで引き返す気にもなれない。空きっ腹を抱えて寝るか？　と思いながら歩いていると、コンビニが目に入ってきた。コンビニの豆腐はスーパーの倍近い値段だが、金額にすれば五十円高い程度だ。今日は少し贅沢をしよう。彼はそう考えてコンビニに入って豆腐を買った。表に出たときに、女子高校生が彼に話しかけてきた。

「おじさん、援助交際をしてくれない？」

彼は後ろを振り向いた。周りには誰もいない。どうやら俺に向かっていっているらしいと思う。俺は、犯罪行為を強要されている、と彼は理解した。少女買春である。新聞沙汰になって本名で犯罪が暴かれるのは、死ぬほど辛い。せっかく本名で今まで無事に生きてきたことが帳消しになってしまう。それに金で女の体を自由にするというのは好きではない。まじめに生きている俺に向かって「援助交際」だと？　ふざけやがって、と彼は腹が立った。人間性を馬鹿にされたと思った。それで彼は無視することにした。聞こえないふりをして高校生の横を立ち去ろうとした。

「おじさん、無視しないでよ！」

と彼女はいった。何とも大胆である。それで彼は足を止めた。そして、

「なんだい。俺のことかい？」

と彼は、大人びた顔をした女子高校生を見た。

「そう。おじさん。友だちが妊娠しちゃってさ。堕ろすお金がいるの。援助してよ」

あっけらかんとしている。どうもこういう世の中になるまで生きてしまったとは、と、ほぞをかむ。もう少し早く死んだほうがよかった、と思う。女子高校生はよく見ると細面の美人である。磨けば光る玉かもしれないと考えた。試しに聞いてみる。

「君がお相手なの？」

「援助してくれるの？　援助してくれるんだったら、他の子がいるから、その子を紹介するわ」

「なるほど」

と彼は頷く。

「君は社長タイプだね」

「何それ？　どっちなの？　援助してくれるの？　くれないの？」

彼はむかし寸借詐欺《すんしゃくさぎ》にあったことを思い出した。のほほんとした顔をした若者はいった。

「仙台から団体旅行できたんですけどぉ、はぐれちまってぇ。もう電車は出た頃なんですよ。仕方ないから上野駅まで戻って、一人で仙台に戻るしかないんですけどぉ。電車賃がなくてぇ。はぁ。電車賃、貸してくれませんかの？」

それが仙台弁なのかどうかは知らないが、若者はそんないい方をした。実直そうで、とても詐欺を働くような人間には見えなかったから、貸してやりたかった。しかしお金が無い。最後の千円を出せば、飢えるのは自分だ。それでいて目の前で困っている人を無視することができない。彼は、生きているのはついでだったと思い直して、なけなしの千円札を貸してやった。そのために自分が二日間絶食しなければならないと思わずいってしまったが、それは肉体がいわせたものだった。心はずっと昔から生きてはいない。若者は必ず返すからとこちらの住所を控えていった。しかし、それっきりである。ひでえ野郎だと思ったが、考えてみれば金額は千円である。向こうにしてみれば、貧乏なやつを捕まえてしまったと、内心で驚いたことだろう。千円では、詐欺を演じる原価にも成らなかったに違いない。

それと比べると援助交際はフェアだ。一応は、商品と金の交換という形をとっている。援助交際は法律があるから犯罪だが、詐欺は法律があってもなくても犯罪である。それに目の前の高校生は、自分は見本で、売り物は他にあると正直に告げている。騙そうとしているわけではない。しかし彼は援助できるほど裕福ではなかった。

「もっと金持ちのおじさんに声を掛けなきゃ。この身なりを見たら金があるかないか分かるだろう?」

彼が両手を広げてそういうと、彼女はすかさずいった。

「この辺りの地主さんに以前援助してもらったけど、そのおじさんはユニクロしか着てなかったわよ。おじさんよりひどい格好だった」

「私は本物の貧乏人だ。金はないよ」

「なあんだ。そうなのか。ケチな地主がみすぼらしい格好をしているのかと思ったのに」

ケチな地主といういい方に思わず笑ってしまった。彼の緊張がとれた。友達のために一肌脱ごうとしている目の前の少女に興味が湧いた。

「援助はできないが、カンパならしてもいい」

「カンパ？　なに、それ？」

「寄付だよ。困っている人に募金をするだろう？　あれだな」

「ああ、あれかあ。募金ね。それもいい手だわね」

女子高校生は乗り気な顔になった。

「で？　幾ら出してくれるの？」

「期待はしないでくれ。私は年金で何とか暮らしている老人だ。今は三千円しか持ち合わせがない」

「三千円？　桁が一つ違うんじゃないの？」

そのいい方にカチンと来たが、彼はゆっくりと頷いた。

「そうかも知れない。要らなければそれまでだよ。私は帰るよ」

「ちょっと待ってよ。いいわ。寄付して頂戴」

「お金を受け取るのなら、感謝して受け取ってもらいたいな」

「感謝？　恩を着せようっていうの？」

「いいや。君の、友達を助けようという意気に感じて、カンパをする気になったけれど、お金というのは大切なものだ。特に私にとっては、三千円は大金だ。ありがとうぐらいはいってもらいたい、と思う」

「何だ、それだけ？」

「うむ。そうだ」

「それだったら当然よ。只《ただ》でお金をもらうんだもの。ありがとうぐらい、いうわよ」

意外と素直だし、まともだ、と彼は思った。おしりのポケットから財布を取り出して、三千円を抜き取る。

「はい」

「ありがとう」

と彼女は三千円を受け取った。そして彼女は彼を見上げる。

「おじさん、変わってるわね」

彼がなぜ、と聞く前に彼女は話しを続けた。

「いままでは、説教めいたことをいっておきながらベッドでエッチをしたり、エッチしてから説教する大人たちばっかりだったわ。偉そうな顔をして、偉そうなことをいっても、やることはやっていたのよ。みんなただのスケベエよ。だけどおじさん、エッチしないでお金だけ出すじゃない？　こんな大人は初めて見たわ」

彼は少し考える。彼女は三千円を鞄にしまってから、じっと彼を見て、彼が話すのを待っていた。間が空きすぎて、何となく話しづらくなる。彼は、コホンと咳をして、

「一言《ひとこと》いいかな」

という。

「ええ、いいわよ。おじさんの説教なら聞いてもいいわ」

「いや、説教じゃない。さっきの話しだけど。碌な親父がいないという」

「うん」

「私は思うんだが、年寄りはいつの時代も『今時の若いものは』という」

彼女は頷く。

「で、そういうできの悪い若者がそのまま大人になると、君が今いったような大人になると思うんだよ」

「あ、なるほど」

と彼女は明るい顔になる。

「おじさんうまい事いうわね」

彼は繰り返す。

「今時の大人は、むかし『今時の若いものは』といわれていた連中の成れの果てと考えればいいんだよ。気にすることはないよ」

「気にはしてないわよ」

と彼女はあっけらかんという。そして、

「おじさんみたいな大人もいてよかったわ」

という。そして、

「バイ、バイ」

と手を振って駅の方向に向かって歩き出す。

「仲間が駅にいるの」

彼はうむ、と頷いて彼女を見送った。そして自分のアパートに向かって歩き始めた。

彼は十時ごろ寝る。録画を見て、飽きたときに寝るだけである。目覚ましは掛けない。目が覚めれば起きるだけだ。目が覚めなければそのまま死んだということだろう、と思っている。

久しぶりに夢精をした。昨晩の女子高生が裸になったのを抱いた。それで精が出た。ティッシュで下半身を拭きながら、まだ生きているな、と思う。下着を脱いでシャワーを浴びる。

セックスは妻に逃げられて以来してない。三十年くらい童貞である。若い頃は夢精で精が出るまでそのままにしていた。歳を取ってくると、出てくる精が硬いニカワ状のものやゴム状のものになってきた。色も黒褐色へと変化した。若いころの黄色の液体とはだいぶ隔たりがある。

いずれは結石になり、前立腺にもダメージを与えるのかもしれないと、考えた。それで健康のために月に一度ぐらい自分で出すようにした。それはマスタベーションというよりは、前立腺という器官の健康を維持するために、単純に排泄をしているだけのことでしかなかった。

性欲は四十歳の頃まではあったが、女を抱くという覇気はなかった。面倒くささが性欲に勝つくらいの、その程度の性欲でしかなかった。だから女なしで生きてこられた。

生きた、というよりも、死ななかった、という表現のほうが正しいだろう。病院にはめったに行かない。行くときは死ぬ時だ、と決めているから、死ぬだろうという予感が湧かない限りは熱が出ても、痛くても、行かない。

死ぬ日が来るのを待っているだけで六十年が経ってしまった。まだ生きているとは、不思議な気がする。どんなに努力をしてもチョウセン人は日本では生きていけないと悟ったときに、彼は生きることを放棄した。就職しようにも履歴書は送り返され、資格を取ろうにも、外国人には受験資格すら与えられてなかった。後日資格ガイドブックが間違っていたと分かったときには、既に資格を取ろうという覇気すら失っていた。そして、死ぬ日が来るまで、日本がなんぼのもんか見てやろうという、ひねくれた思いに囚われていた。

彼は生きないという生き方を選択した。就職がなくて生きていけない一方で、死ぬ理由もなかったから、それで目の前の光景を眺めているだけで、四十年が経った。六十歳になっていた。

2

三カ月ほど経った。梅雨も終わり、毎日暑い日が続いていた。

彼は朝起きると、ベランダの植物に水をやる。今年はプランターでの野菜作りを始めた。ゴーヤを植えてみた。実によく育つ。毎日水をやるのが楽しい。アパートの中庭の芝が青い。朝なのに既に暑い。今日も真夏日になりそうだ、と思う。犬を連れた近所の女性が歩いている。

アパートは五階建てで、エレベーターはついてない。彼は四階にいる。各階は二軒ずつが向かい合わせになっている。彼は自分の家の上下左右に何という人が入っているのか知らなかった。知りたいという気持ちもなかった。回覧板が回ってきたら、はんこの代わりにサインをして、次に回すだけである。前の人の名前も、その前の人の名前も見ればそこにあるのだが、彼は興味がなかった。他人と関わり合いを持たなくてもいいということが、都会の最大の長所だと彼は思っていた。その結果として孤独死があるのなら、その程度は甘んじて受け入れるつもりだった。人と関わり合って生きていかなければならないのなら、それは苦痛以外の何ものでもないだろう。他人と関わり合いになることなく、テレビを見るように世の中を見る。それができるから、彼は団地に住んでいるのであり、今日まで生きていられたのだと思っている。

朝食は食べない。空腹を感じたら食べるが、めったに空腹を感じない。五十を過ぎた頃から、いつでも死ねるようにしようと思うようになった。自殺をする気はなかった。しかし、死ぬ時が来たらさっさと死のうと思った。それで、いつでも死ねるように、できるだけ、ものを食べないようにした。痩せていれば、それだけ死というものに近いような気がしたからだ。死ぬしかない状況になったら、食べないでいれば、死ぬだろうと思った。病気になったとき、痩せていれば、早く死ねるだろうと考えた。それでできるだけ食べないようにしてきた。その内に体が慣れてしまい、一日一食になった。体は前より細くなったが、痩せているという意識はなかった。人間は一日に三度食べなくても生きていられるんだ、と知った。

新聞は取ってない。勧誘員が購読の勧誘に来ると、

「俺は字が読めないんだ」

と答えることにしている。勧誘員の男は驚くが、彼をまじまじと見て、それからこくりと頷くような仕草をしてから、

「どうも」

と引き上げていく。

彼は昔ながらの粉末を溶かしたインスタントコーヒーを飲んでから、アパートの周りを一回りする。散歩と時間つぶしを兼ねている。まだ六時だ。駅に向かうサラリーマンが、たまに、けやき並木を歩いている。図書館が開くまでには三時間も間がある。

図書館で夕方近くまで本を読む。水とコーヒーは自分で持って歩く。だから金はかからない。煙草は高校生の頃から吸っていた。しかし肺や気管支が弱く、咳や痰がひどかった。大学生の

頃は、それでも早く死のうと無理をして一日に一箱くらい吸い続けた。咳がひどくて血が出るくらいになっても、これで死ねるかもしれないと、無理して吸い続けた。だが、いよいよ死ぬとなったときに怖くなって、煙草をやめてしまった。医者がレントゲン写真を見て「肺炎だね。煙草をやめなきゃ」とカルテに何やら書きこんでいた。レントゲン写真は白い靄《もや》のようなもので覆われていた。

死ぬというのは苦しいことだと知った。医者のくれた薬を飲み続け、一週間で熱は下がった。そしてそのまま煙草はやめてしまった。俺は生きていたいんだ、とそのとき知った。死にたいと思いながら、生きていたいのだと知ることができた。しかし生きて何をするのだ？　と疑問に思う。したいことも、しなければならないことも、彼には何もなかった。

自分の国の歴史ぐらい、と思い、暇を見ては歴史の本を読むようになった。勤めていた会社はどこも安月給だったので、本はいつも図書館で借りて読んでいた。おかげで色んな事が分かった。分かるということは楽しいことだった。

ただ、自分が疑問に思う歴史上の疑問は、どこにも誰も書いてなかった。例えば新羅《しらぎ》は三国の中で一番弱小だったのに、どうして勝ち残ることができたのかという疑問がある。これについては花郎《ファラン》という若衆の軍事組織があったから、などと書いているものもあるが、花郎がなぜ新羅《しらぎ》だけで組織されるようになったのかについては、書かれていない。そこが知りたいのに、誰も問題にしてなかった。

ついで「三国統一」である。新羅は百済《くだら》全土と高句麗《こうくり》のほんの一部を支配したにすぎない。実質は「二国統一」である。それだのに、どうして「三国統一」というのか、ということである。実質的には二国しか支配してないのに、三国統一と称するのは、詐欺みたいなものではないか、と思うのだが、学者は何の疑問も提示してない。

加えて「三国」という言葉にも違和感を覚える。歴史を読み進めていけば、大和政権は百済からやってきた征服王朝であることは容易に察しがつく。それは当時の国家中枢にいる者にとっては常識だったはずだ。それならば「四国」とすべきではないか？　と思う。韓国の歴史資料である「三国史記」「三国遺事《いじ》」などは「四国史記」「四国遺事」でなければならないだろうと思う。それだのに半島は大和政権を無視して「三国」とした。なぜか？

李朝《りちょう》時代についてはテレビドラマを見て勉強している。権力争いに辟易しながらも、祖国がいかに馬鹿げた歴史を繰り返してきたかを学んでいる。もう見るのはやめようと思いながらも、録画したものを、一回飛ばし、二回飛ばしにしながら拾い見ている。

近代についても疑問はある。韓国は一九一〇年八月二十二日に植民地にされた。解放は一九四五年八月十五日である。この期間は三十四年と三百五十八日である。年数で計算をするなら三十五年である。それだのにどうして「日帝三十六年」といっているのだろうか？　ここで一年ごまかすことに何の意味があるのだろうか？

他にも色々と疑問がある。書かれている歴史を読むたびに疑問がわく。どうして李朝の学者連中は箕子《きし》の家系図まででっち上げて、箕子朝鮮という古代国家が存在したかのような歪曲をしたのだろうか？

どうして新羅は弥勒《みろく》信仰で、高句麗、百済、日本は華厳《けごん》信仰なのだろうか？ などなど、知れば知るほど分からない事だらけになっていった。彼が読んだ本の中には、彼が疑問に思うことを疑問としている学者も、回答を与えている学者もいなかった。欲求不満の彼は学者たちを呪った。

学者なんてのは、知識を羅列して本を書いて、それで偉いと思っている連中のようだ。大馬鹿者だ。それは日本の学者についても同じであった。

例えば日本の現代史で、関東軍が独走したことについても、太平洋戦争に突っ込んでいった件についても「海軍と陸軍が予算の取り合いを画策したから」とか「関東軍の暴走を軍の中枢が止められなかったから」とかといった分析をしている。しかし彼からみると、それは単に違う事実を持ってきているだけで、分析にもなんにもなってなかった。質問に対して、違う質問で答えているのと変わりがなかった。

彼が思うに原因分析とは、ある事実を起こさせないで済んだであろう、条件の発見でなければならなかった。あるいは必然的にそうなるしかなかったという、異なる事実の提示である。自分が知りたいのは、誰もが知っている歴史事実の積み上げから見つけられる、新たな歴史の真実なのだ。知性が発揮された分析なのだ。しかし多くの学者は知識を羅列しているだけで、知性のかけらも感じさせない本を世の中に出して平気だった。

しかし極く稀にはまともな学者もいた。日本の古代史を地名の由来から解き明かしてみせてくれた学者。中国の古代社会を漢字の成り立ちから分析してみせてくれた学者。日本史を非人や遊女などという歴史に埋もれた人々から説き起こしてくれた学者。彼はそうした学者たちの知性に感動した。ページをめくるのももどかしく読み進んだ。そして素直に心の底から、ありがたいと思った。分からなかったことが分かるようになるというのは、大変な快感である。それで彼は「学者とはこうでなければならない」と思う。立派な学者のおかげで、日本と中国の歴史については、だいぶ疑問が少なくなっていた。しかし韓国、朝鮮史については相変わらずの五里霧中だった。分からないことが多すぎた。疑問がありすぎた。それだのに専門家の誰も彼の疑問に答えた本を書いていなかった。

そんなある日、彼は図書館の閲覧室で、天を向いて腕組みをし、目を閉じて休んでいた。コツンと椅子が揺れる。誰かが歩いていてぶつかったのだろうと、彼は姿勢を変えなかった。更にまたコツンと当たる揺れを感じる。意図的な当たり方のようだ。薄目を開けると、隣の女子高生がこちらを見て微笑んでいる。それが誰なのか、少しの間分からなかった。夢を見ているのだろうか、と思う。

少しして、ああ、と彼は心の中でつぶやいた。いつぞやの援助交際だった。心が現実を認識し始める。彼は目だけでいった。

「どうした？」

少女は左手の親指を立てて、外をクイクイと示す。彼は黙って立ち上がった。

ロビーに出た。傘立ての隣に黒い合成皮革を張った長椅子がある。そこに腰掛けた。

「おじさん毎日良く勉強するわね」

「何だ、見張ってたのか？」

「ううん」

と彼女は首をすくめる。

「ドトールに入るお金が無い時は、図書館で時間をつぶすの。おじさんは、いつ来てもいるものね。一体何の勉強をそんなにしてるの？　もとは学校の先生？」

「いいや。トラックの運転手だ」

「それで勉強するの？　凄いわね」

彼は応えなかった。娘を見る。目は細く笑っている。顔は瓜実顔《うりざねがお》で、鼻は高い。結構美人だ。

「何か用事だったのかい？」

「まあ、用事といえば用事だけど」

彼女は吹き抜けになっている図書館の天井を見上げる。彼は娘が何かいうまで待つ。

「わたし、家出中なのよ。友だちの家を泊まり歩いてるんだけど、さすがにもう泊まれそうなところもなくなって」

彼は黙っている。こちらから誘い水を出すほど心優しくはない。娘は仕方なさそうに口を開いた。

「おじさんのところに泊めてくれない？」

彼は娘の顔を見る。娘は平気な顔をしている。悪びれてない。彼は口を開いた。

「私が『いいよ』というと思ったのかい？」

「ううん、思わない」

「どういうと思った？」

「おじさんなら『家に帰れ』というでしょうね」

彼は一つ頷く。

「その通りだね。それが分かっていてどうして聞いた？」

「そう聞いてくれると思ったから」

彼は少し苦笑した。いい切り返しだ、と感心する。この子は馬鹿ではないし、単なる不良娘ではない、と思う。彼は続ける。

「なるほど、ここまでは君の予想通りなわけだ。さてと、そうなると、君はどう答えるのかな？」

彼女は彼を見た。そしていう。

「私の親は、娘が一カ月も家出をしているのに、探そうともしない親なのよ。私が物心ついたころは、両親はすでに同居離婚よ。ご飯も別々だし、会話もない。父親は銀行マンだから体面上離婚はできない。母親は駆け落ち同然で結婚した手前、実家には戻れない。だから意地だけで別れないでいる、そんなどうしようもない家《うち》なの、私の家は」

「なるほど」

「父親は何年か前にリストラされて、子会社のリース会社に移ったわ。それからは露骨に私たちを邪魔者扱いにして、出て行けというの。ママは離婚届にハンを押さないで頑張っているけれど、すると、あの男は暴力を振るうようになったわ。私まで殴るようになったから逃げてきたの」

「なるほど」

「私には、もう行く所がないの」

「なるほど」

しらけた反応を見て、娘はすがりつくような表情を元に戻した。

「おじさん、私をかわいそうだとは思わないの?」

彼は答えた。

「今の話しが事実なら、可哀想だと思う」

「あら、私が嘘をついているというの?」

「いいや。事実は君にしか分からないことだ」

「嘘じゃないわよ。みんな本当のことよ」

ふむ、と彼は首を捻る。

「本当のことだとしても、今の話しは君が家に居たくない、という理由にはなっても、私が君を受け入れなければならない理由にはなってない、と思うね」

少し考えて彼女は、

「なあるほど」

と、いくつか頷く。

「やっぱりおじさんは手強いわね」

「騙すつもりだったのかい？」

「そんなんじゃないわよ。今の話しは本当だってば」

そして彼女はつけ加える。

「だけどおじさんがいうように、おじさんが私を泊める理由がいるわね」

「そういうことだ」

と彼は背もたれに体を預けた。小娘がどういう理屈を並べ立ててくるか、楽しみだった。

「私を抱いてもいいといったら？」

「そういう条件なら断るね」

「どうして？　男だったら断らないでしょ？」

「オスはそうかもしれない。だけど男がみんなオスだとは限らないよ」

「おじさんはオスじゃないの？」

「オスよりも、男の要素のほうが強いと思っている」

「どう違うの？　わかんないわ」

「まあいいさ。とにかくその理由じゃだめだ」

「じゃあ、炊事洗濯と掃除もするわ」

「それは全部自分でできる。間に合ってるよ」

「じゃあ、下宿代出す」

「そんな金があるんだったら、ワンルームマンションでも借りるんだね」

「それもそうね」

あっさりと頷いて、彼女は悔しそうにいった。

「ああ、理由がないわね」

彼はつぶやくようにいった。

「その通り。私が君を下宿させなければならない理由はない」

「おじさん、子供は？」

「どうして？」

「おじさんの娘が困っているのなら、誰でもいいから助けてくれればありがたいんじゃないの？」

「もしそうならば、そうだろうね」

彼は軽くいって天井を仰ぐ。コンクリートの打ちっぱなしの梁のようなものが幾つも出ている。

「それだけ？」

と少女。

「それだけだよ。例え話しには、例え話し以上の意味はないよ。もしそうならば、そうだし、そうでないならば、そうではない。それだけだよ」

「そうかしら」

と彼女は考える。それからいう。

「私ミッションスクールなのよ。聖書には喩《たと》え話しがたくさん出てくるわよ。たとえば、明日のことは思い煩うな、という言葉が出てくるわ。空をとぶ鳥も天が養ってくださるってね。だから人間である私は、おじさんが無視しても生きていけるわよ、たぶん。どこかに寝ぐらぐらいあるわよ、きっと」

彼は少し考える。そしていう。

「寝ぐらはあるだろうけれど、天が鳥を養うというのはおかしいんじゃないか？」

「え？　どうして？　鳥は自分の食べる分を天から与えられているわ」

彼は腕を組む。そしていう。

「逆だろう?」

娘には何のことやら分からない。彼は話す。

「虫や木の実を得られず、飢え死にして枝から落ちて死んだ鳥は、人間の目には見えないよ。人間が見ている鳥は、生き残った鳥ばかりだ。死んでしまった鳥を見ないで生き残った鳥だけを見て、糧は全てのものに与えられていると判断するのは、愚かなことじゃないかな? 私はキリストの喩えは馬鹿げていると思うけれどね」

娘は彼を凝視する。そしていう。

「おじさんやっぱり変わってるわ。普通の人はそんなこと考えないわよ」

彼は娘の顔を見て静かにいう。

「普通か? 普通というのも難しいものだ」

ふうむ、と娘は両膝の上に肘をついて顎《あご》を乗せた。しばらく会話が途切れた。彼は何もいわなかった。誰かと同席していても、彼は相手が口を開かない限り、そして自分が何かをいわなければならないのでない限りは、ものをいうことがなかった。生きようともがいていた若いころは、沈黙が苦痛だった。それでいわなくてもいいことをよく話してはあとで後悔した。しかし生きないという生き方を選択してからは、目の前の時間の流れを見ているだけになった。そして相手がどう反応するかを眺めていた。そんなとき彼は、時間に乗っている自分を意識した。時間に乗っている限り、時の流れは苦痛ではなかった。時間に追われていたり、時間を追っているときは、時間の存在が苦痛でたまらなかった。しかし時間に乗ることができるようになると、必要なときに時間から降りればいいだけなのだと、分かるようになった。

しばらく経って、彼は娘にいった。

「話すことがなければ、席に戻りたいんだけどね」

娘はため息をつく。

「困っている人を置いていくの？」

彼は立ち上がりかけていた動作を止めて、再び腰を下ろした。

「それはいい切り口だな」

そして考える。しかし自分が下宿させてやらなければならない理由にはならないと思う。

「まあ、ユニクロを着た地主さんにでも助けてもらうんだね。私のような貧乏人には荷に余るよ」

「援交するような大人には助けてもらいたくない」

「自分がそうさせておいてか？」

「そうよ。だからそんな汚い大人は嫌なのよ」

ふむ、と彼は首を捻る。まあ、好きにするさ、と彼は立ち上がった。そして、

「失礼するよ」

といって読書室に向かった。背後から思いがけず、

「裏切り者！」

という声が覆いかぶさってきた。聞き捨てならなかった。彼は静かに振り返り、娘を見おろした。

「私が君を裏切ったというのかい？」

娘は唇を尖らせる。

「そうよ。期待させておいてそうしてくれないから、裏切り者よ」

「まあ、どう表現しようと君の勝手だ」

そして一言つけ加える。

「人生は、思い通りには行かないものだよ」

娘はこちらを睨んでいる。彼は背を向けた。席に戻ったが、歴史の本はもう頭に入らない。仕方が無いので新聞を読みに立ち上がる。そして新聞コーナーで朝読んだのとは違う会社の新聞を読む。新聞も眺めているだけで、内容が読み取れない。

どうも、人と話すと心が乱される、と彼は心のなかで呟いた。それに子供とはいえ女だしな。女と話すのも何年かぶりだ。どこかに隠れていたオスが動き出しているのかもしれない、と考えた。

その日はいつもよりだいぶ早い時間に図書館を出た。彼は公園の周りを回った。妄念は運動をして燃やすに限る。茂みを抜けると強い西日が降り注いできて暑い。今年も熱中症で多くの人が倒れたと新聞に書かれていた。彼は水を口に含み、タオルで汗を拭く。暑さで目が眩み、自分がどこにいるのかわからない。いつもいる中年の婦人は今日はいなかった。木陰を選びながら、公園の周りを三回回った。四周目で婦人と出会った。今日は他の婦人と一緒だ。

二人は日傘をたたみ、木の根元に向けて携帯電話を構えている。今日は何を撮っているのだろうと、彼は歩きながら二人の足元を覗いてみた。丈の低い草が芝のように広がっている。

「空蝉《うつせみ》や、がいいかしら」

といつもの中年婦人が話す。

「でもこれは抜け殻じゃなくて蝉の死骸だし、蝉もゆく、はどうかしら？」

もう一人の婦人がそう答えた。いつもの婦人と目が合う。彼女は微笑みながら会釈する。そして彼を見て、

「怪しいでしょう？」

という。彼は何か聞かなければ悪いような心持ちになった。

「何かあるんですか？」

「はい」

と婦人はなおも笑顔で答える。

「蝉の死骸の現場検証ですわ」

すごいいい方だな、と思う。草の中のどこに蝉の死骸があるのかよく分からなかった。もう

一人の婦人がいう。

「まあ、嫌だわ山本さん。うちの主人を思い出すわ。やめてください」

「ほほ、ごめんなさい」

そして彼女はいう。

「写メ俳句ですの」

「はあ」

その言葉を彼は初めて聞いた。婦人はもう一度繰り返す。

「携帯で写真を撮って、それに一句つけるんです。それからみんなに発信するんですよ」

「へええ」

彼はそういってから、

「じゃあ」

と会釈をして先に進んだ。あの人はいつも俳句を詠んでいたのか、とやっと得心がいった。

それにしても気安く声をかける人だ、と思う。

彼は若い頃から、歩いている最中に、道を聞かれることが多かった。怖らくは世間を眺めながら歩いているから、歩く速度が遅いのと、無防備な顔をしているから、人が話しかけやすいのだろう、と思っていた。

コンビニの前を通る。援助交際の女子高校生はいない。どこかの友達の家にでも転がり込むだろう、と考える。本当に自分が必要ならその時は助けるが、そんなことは先《ま》ずないだろう、と思う。ああいう子のために警察や保護施設がある。自分が出る幕ではない、と考えた。

家に戻る。疲労困憊している。クタクタである。空腹は体を重くする。何かエネルギーを補給しないと頭も働かないし、体も動かない。それでいて、何を食べようかと考えるのが嫌である。料理をしなければならないと思うと、更に疲れが襲う。このまま空きっ腹を抱えて寝てしまおうと思う。そのくらい彼は料理が嫌いだった。

窓を開け放って風を入れる。クーラーはない。アパートの周りは芝生だし、少し離れた大通りには、けやきの並木が続いている。都心ほど気温は上がらないので、猛暑でも何とか扇風機だけで乗り切ってきた。彼は団扇で体を扇ぎながら、冷凍室から小さなタッパーを出す。凍ったカレーが入っている。ラップに包んだ握り飯も取り出す。それをレンジに入れてスイッチを入れる。野菜室のキャベツを一枚むしり、それを口に入れる。電子蚊取り器のスイッチを入れる。彼はシャワー室に入り、汗を流す。シャンプーで頭を洗い、泡を流して、体についた水滴を拭き取るまでおよそ五分である。シャワーから出てくると、解凍は終わっている。熱くなったおにぎりをタッパーの生ぬるいカレーに入れる。それから立ったまま胃の中に流しこむ。そしてあっという間に食べ終えてしまう。

彼はどんな料理でも三分から五分で食べ終えていた。勤めていたころは、あまりに速いので、同僚が驚いたものだった。彼がそうなってしまったのは、父親のせいだった。彼の父親は食事の時間になると、自分の苦労話しを始めた。そして子供たちに恩を着せ、最後には自分に親孝行をして、育ててもらった恩を返さなければならない、と強調した。そんなひとりよがりの話しを聞くのが嫌だったから、彼は食卓に着くなり、猛スピードで食べ物を胃の中に詰め込むのが習慣になってしまった。彼には弟と妹がいたが、誰がいち早く膳を離れるかを、いつも兄弟で無言の内に競い合っていた。父親は自分の演説を聞く者が誰もいなくなると、母を詰《なじ》った。「お前の教育が悪いから子供たちが俺の話しを聞かない」といった。母の考えは、恩を返してもらうために子供を育てているのではない、という至極《しごく》当たり前のものだったが、父親には通じなかった。父は親孝行は民族の美徳であり、自分の子供たちは当然に自分を親として尊敬し、崇め奉らなければならないと信じ込んでいた。

彼は汚れたタッパーとスプーンを流しで洗う。母がいたから自分はここにいる。父がいたからではない、と思う。家に戻ってから十五分程度で、彼は食事と風呂を終えた。それからいつものように氷を大きなカップに入れ、粉末コーヒーを入れてから冷蔵庫で冷やしていた水を注ぐ。彼はテレビの前の座椅子に座って、自動録画していた韓国ドラマを見る。画面から音は出ない。字幕が倍速で流れていくだけである。歴史を勉強するのが目的だから、流れが分かればそれで足りる。画面の人間は無言で何かを叫び、何かを訴える。それが何なのかを字幕が示す。彼はアイスコーヒーを飲みながらそれを目で追う。

三時間ほどテレビを見て、それから彼は歯磨きをして寝床に入る。夏蒲団が無いので、畳の上にタオルケットを二枚敷き、腹に一枚被せて寝る。扇風機は押入れに向けて風が直接体に当たらないようにする。遠くでコオロギが泣いている。毎日暑いと思っているだけだったが、確実に季節は過ぎているのだな、と彼は知る。昼間セミの死骸を写していた二人の婦人を思い出した。

「嫌だわ山本さん」

といった、今日初めて見た婦人は、小柄で丸顔である。二人とも充分に顔に皺が寄っている。今日初めての人は、おそらく若いころは可愛い部類の女だっただろうと思う。山本さんと呼ばれた人は、大きな眼と鼻をしている。パーツが目立つから歳をとっても美形に見える。自己表現のはっきりした人なのだろうと思う。まあ、俺には関係のないことだと、いつものように彼は考え、眠りについた。

3

一日二日は件の女子高校生が現れるのではないかと、心のどこかで期待していた。しかし全く陰も形も見えないと、三日目には完全に忘れていた。彼の興味を占めているのは、歴史のなぜ、ばかりであった。

夕方は公園を巡ってから帰る。意図して「山本さん」とは目を合わせないようにした。また話しかけられて句会にでも誘われるのを嫌ったからだった。それから数日して、彼がすたすたと歩いていると「山本さん」が声をかけてきた。

「あの、すみません」

と彼の行く手を遮《さえぎ》るようにして話しかけてくる。

「はい」

と彼は立ち止まった。

「申し訳ないのですが、この傘を持って、そちらに立っていただけないでしょうか?」

それから彼女が説明するには、西日が邪魔になって毛虫が撮れない。だから日傘で西日を遮ってほしい、というのだった。西日を背にして撮れば済むことだろう、と思ったが、彼は願いを聞くことにした。彼女は昼間なのに、フラッシュを焚いて、毛虫の写真を撮った。

「どうもすみません」

と彼女は日傘を受け取りに来る。

「はい、どうも」

と彼は日傘を戻して、歩き出す。

「あの」

と山本さん。

「毛虫を撮るのって変でしょう?」

無視するのも悪いと思って、彼は足を止めて振り返った。そして少し笑いながらいう。

「それこそ、蓼《たで》食う虫も好き好きでしょうね」

「あら面白い」

と彼女は弾けるような、笑顔になった。

「それいいわ。あら、ごめんなさい」

彼女は照れくさそうな顔になる。そして直ぐに続けた。

「私、俳句を作ってるんです」

彼はコクリと頷く。それは以前にも聞いたことだ。

「携帯で撮った写真を付けて友人に送るんです。これが結構ハマるんですよ」

「そうですか」

自分には関係のないことだと思う。しかしそういう表情は浮かべない。年の功である。若い頃はできなかったが、今はある程度、自分の感情を表に出さないようにできる。自分は死ぬ時が来るのを待っているだけの人生を送っている。だから自分が参加しなければならないかもしれない現在には興味がわかない。興味を持つのは、決して自分を必要としない現在や、歴史という過去に対してだけだった。山本さんは笑顔でいう。

「もう、一年近くになりますよね。公園を散歩しているの」

そうなるかな、と思う。定年退職してそれだけの時間が過ぎたということだった。

「よく会うのに、挨拶をしないのも変ですよね」

「え？　まあ」

と彼は浮かぬ調子で答えた。

「これからは、挨拶ぐらいはしませんか？」

「そうですね」

山本さんはほっとして、

「今日はありがとうございました。お陰でいい写真が撮れました」

と携帯の画面を手で囲って見せる。しかし西日が画面に反射して、画面は真っ黒にしか見えなかった。

「お役に立ててよかったです」

彼は会釈して散歩を続けた。そのまま歩いて、21世紀公園と呼ばれている、広大な公園に向かった。夏場は滅多にそこまで足を伸ばさないのだが、今日は小さな公園を何周もする気にはなれなかった。彼はリュックから水を出して飲んだ。タオルで汗を拭き、大きな公園に向かった。相変わらず、そんな自分を見下ろしている自分を意識する。

山本さんの笑顔が浮かぶ。自分より何歳か上だろう。若いころは綺麗だったに違いない。しかし人はみんな歳をとる。自分も若いころは、二十歳《はたち》過ぎの自分を思い浮かべることができなかった。まともな就職口もないチョウセン人は、死ななければならないと思っていた。だから世の中に出なければならない大学卒業の頃には自分は死んでいるだろうと、漠然と思っていた。しかし卒業をしても自分は死なずに生きていた。不思議な感じがした。自分の霊魂だけがこの世に留まって漂っているのではないかと思ったりする。たまに空腹で体が動かなくなると、自分が生身の人間だったと気がつく。何だ、やっぱり生きていたのか、と自分をあざ笑う。

九月に入った。公園の木々の葉はまだ青々としていた。図書館を出て、散歩から戻ると、アパートの入口の前に援助交際の女子高校生が普段着で立っていた。彼は彼女を見て驚いた。

「どうして君がここにいるんだ?」

娘は青白い顔をしている。小さなハンドバッグと茶色の書類封筒を持っている。

「ああ、おじさん」

と彼女はぐったりする。どこか悪いのか? あるいは怪我でもしているのか? と心配になる。本当に困っているようだった。

「何かあったのか？」

彼女は首を振る。

「具合でも悪いのか？」

再び彼女は首を振る。そうか、と彼は黙って頷く。一安心ではあるが、次にどうするかが見えてこない。

「とりあえず、入りなさい」

そういってから彼は、

「だけど下宿はだめだよ」

と釘をさした。

「分かってる」

と彼女はうつろな目で頷く。ドアを開けると彼女はついてきて、キッチンにある椅子に座った。テーブルにハンドバッグと茶色の書類封筒を置いた。彼はやかんに水を入れてコンロに掛ける。それから粉のインスタントコーヒーを一つしかないカップに入れた。娘がぐったりしているので、

「水を飲むかい？」

と聞いてみた。

「ええ、ありがとう」

彼は冷蔵庫から冷やした水を取り出してグラスについだ。グラスを彼女の前において、

「ひどく疲れてるみたいだ」

「ええ。昨日寝てないから」

彼女は水を飲み干す。そして、

「私、いま、キャバクラに勤めてるの」

と話しだす。キャバクラに面接に行くとその日から店に出ることになった。十八歳でも高校中退だったから雇ってくれた。ワンルームの寮もあり、給料天引きで入れた。しかし家賃が高い。それで安いアパートを探すつもりでいた。ところがたまたまその日知り合った先輩キャバ嬢と気が合い、彼女のアパートに居候することになった。彼女には彼氏がいて、よく訪ねてきては、エッチをした。そのたびに寝不足になるのだが、居候だから我慢をしていた。先輩キャバ嬢は二人の時は楽しくて、自分に彼氏かいることを、ころっと忘れていたのだそうだ。

援助交際の彼女は、初めは日払いで給料をもらった。それが数日で指名がつくようになって、どんどん増えていった。これなら寮に入ってもやっていけそうだ、と思っていた矢先に、先輩キャバ嬢の彼氏が、彼女の寝ているところに忍び込んできた。彼女が騒いだので先輩キャバ嬢も気づき、大げんかになった。その隙に何とか逃げてきたのだという。

彼はありそうな話だ、と思う。湯が沸いたので彼女にインスタントコーヒーを入れてあげた。そして自分はペットボトルを取り出してそのまま水を飲んだ。

「おじさん何とも思わないの？」

彼はそういわれて少し眉を上げた。

「まあ、大変だったな」

彼女は唇を尖らせる。

「おじさん、私の話し、嘘だと思ってるでしょ？」

「嘘だとは思ってない。ただし、嘘の可能性はあると思っている」

「やないい方」

そして彼女は続ける。

「下宿させてくれなくていいけどさ。どうしてそんなに人を避けるの？」

ふむ、と彼は再びペットボトルの水を飲む。

「話せば長くなる」

と彼はいう。

「別に、暇だからいいわよ。聞いてあげるわ。話して」

元気になってきたな、と思いながら彼はいう。

「ふむ。聞いてもらいたいとは思ってないよ」

「そう？　じゃあ、さっきのは訂正。私が聞きたいから話して」

彼は軽く笑った。それから話しだす。

「むかあし、君ぐらいの歳の頃に、私は生きないという生き方をすることにしたんだよ。だからこの世を見ているだけで、参加する気はないんだ。その結果、誰とも付き合わないようになってしまった」

娘は少し考えているふうだった。

「生きない生き方って、よく分かんないわ」

「夢や希望を持たないということだよ。そういうものを持って努力し、成功するというのが、普通の人の生き方だろう？　しかし夢も希望も持っていなければ、ただ、その日その日を、成るように成るさ、という生き方をすることになってしまう」

「なんだ、それだったら私たちと同じじゃない。私だって、生きていて何の希望もないわよ。だけどそのまま死ぬのも癪《しゃく》だから頑張ってるんじゃない」

彼は考える。単に飯のためだけに生きるのなら、何のために生まれてきたのか分からない。飯以上の何かを夢見て生きようとするからチョウセン人は挫折をする。かつての日本では、チョウセン人には学歴は無意味だったし、実力があっても認められなかった。それで夢を捨てた。しかし彼女のように飯のためだけに生きることを「頑張る」と表現する人もいる。夢はなくても「頑張っている」人がいるということを彼は初めて知った。彼自身は頑張らないで給料をもらってきた。適当にやって給料を得られた。そんな自分を振り返って、なんだか間違ったことをしてきたような気分になった。

「頑張れるっていうのは才能だね。そう思うよ」

「おじさんも頑張ってるじゃない？」

私が頑張ってる？　人生を諦めた私が頑張っているというのか？　彼は不思議そうな目を娘に向けた。

「ほら、毎日図書館で勉強してるじゃない？　できないわよ。普通は」

「そうかい？」

彼は顎《あご》の無精髭を撫でた。あれは好きでやっていることであって、努力ではない、と考えた。それならば努力というのは嫌いなことをすることなのだろうか、と思う。どうも突き詰めると言葉というものは厄介だ。

「おじさん。保証人になってくれる？」

彼女は突然そういった。

「ワンルームマンションを借りることにしたの。だけど保証人がいるんだって。おじさんが保証人になってくれると助かるんだけど」

彼女は説明した。

彼女を贔屓《ひいき》にしている客の中にワンルームマンションのオーナーがいた。郊外のワンルームなので、キャバクラの寮より三万円安い。だからそちらを借りたい。オーナーは管理会社に管理を任せているので、形だけ整えてくれればいいといっている。それは誰か、保証人を付けて

欲しいということなのだった。彼女がオーナー自身に保証人になってくれるように頼んだら、

「妻が誤解するよ」

といって、とんでもない、という顔をした。

金民基《キムミンギ》は軽く笑った。そのオーナーは女房と別れる気はないくせに、若い娘との冒険はしたいのだ、と感じたからだった。彼はいう。

「キャバクラの会社にそのマンションを契約してもらえばいい。つまり会社の寮を一つ増やしてもらうわけだ」

「へええ。そんな方法があるの?」

「いまの会社の寮もそうやって会社が借りていて、そこに従業員を住まわせているはずだよ」

「だけど、それだったら会社に借りができちゃうじゃない。会社指定のところに入らないで、自分が入りたいところに入るんだから」

「まあ、それはそうかも知れない」

「それは嫌よ。辞めたいときに辞められないじゃない」

「三万円高い寮に入って、いつでも会社を辞められる自由を得るか、あるいは会社に借りを作って、長く勤めるか、だろうね」

「先のことなんて分からないわ。だから、借りなんか作りたくないわよ」

彼は腕を組む。借りは作りたくない。三万円高いマンションにも住みたくない。どちらも嫌

では解決策がない。

「ねえ。おじさんが保証人になってよ。形だけだって、家主もそういってるんだから」

「形だけといってもね。保証人は、保証人だよ。そういう訳にはいかない」

加えてチョウセン人はアパートを借りようとしても未だに断られる世の中だ。それが日本人の保証人に成れるとは、彼には思えなかった。それに保証人を探すのなら、親や兄弟、親戚、それから同僚を当たるのが筋だろう。何の関係もない自分は、いよいよ最後の選択肢のはずだった。彼は頭を上げて気になっていたことを聞いた。

「学校をやめたの？」

「うん。やめたわ。あんな所行ってもしょうがないもの」

「そうか」

「どうして？　おじさんも学校ぐらいは出ていなければ、と思っているの？」

「いいや、そんなことは思ってない」

「じゃあ、何よ」

彼は娘の顔を見て聞く。

「君はこの先、どうやって生きていくんだろうか？」

「何よいきなり。そんな難しいこと聞かないでよ」

「いやなに、これからの計画だよ」

「そんなもの、何にも無いわよ。出たとこ任せよ。なるようにしかならないわ」

「なるようにしかならないか？　それは私のように、生きないという人生を選択した者の言葉だね。君のように飯を得るために生きようとする者は、なるように『なる』じゃなくて、なるように『する』だよ。そのために知恵を絞らなきゃ」

娘ははっとした顔になる。そして落ち着いてくる。

「本当に計画なんて何も無いのよ」

そうか、と彼は再び考える。それから少しして口を開く。

「君がキャバクラでちやほやされるのはどうしてだと思う？」

彼女は少し考える。そして、

「そりゃあ、若いし、それなりに可愛いからよ」

と、少し冗談めかしていった。しかし彼は真面目である。

「私もそう思う。ところで、そんな状態がいつまで続くと思う？　今キャバクラで働いている人で最高年齢の人は何歳ぐらいだい？」

「さあよく分かんないなあ。家庭の主婦で子供がいる人なんかも来てるしなあ。三十歳くらいかなあ？」

「じゃあ、三十歳だとして、君の勤続可能年数はあと十二年だよ。そのあとどうする？」

「そのあと？　そのあとは、どこか雇ってくれるところに行くわよ」

「そうかなあ？　私にはそうは見えないが」

彼の顔は真剣である。彼女も真剣になって聞き返す。

「どういうことよ？」

「君は社長タイプだからね。私に援助交際の誘いをかけてきた時だって、君は仕切っていただけだしね。実際のエッチは友達にやらせて、君は管理をしていた。そうだったろ？」

「まあね」

「君には人を使う才能がある。だから君はキャバクラに勤めていても、いずれは自分でキャバクラをするような道を目指すと思うよ」

彼女は考える。そして頷く。

「そうかもしれない。おじさん、よく見てるわね」

彼は腕を組んだまま苦笑した。生きないという生き方を選択した者は、この世を傍観し続けることしかすることがないのだ。何十年もそんなことをしていると、やがて見ることに精通するようになる。

「保証人の話しだけれど」

と彼は話しを元に戻す。

「先《ま》ず親とか親戚に保証人になってもらうように頼むのが筋だと思うけれども？」

「わたし、家出中だからね。家とは連絡取りたくないし、あのクソ親父に頭なんか下げたくないわよ」

金民基は自分の父親を思いだす。彼もあんな男には死んでも頭を下げたくないと、未だに思っている。

「それなら会社の同僚とか、あるいは客で協力的な人とかいないの？」

「同僚といっても、それほど親しいのはいないし、唯一親切にしてくれて居候させてくれた人は、彼氏が私を襲って来るような奴だったしね。客はみんな私の体目当てよ」

「そうか」

と彼は腕を組んでため息をつく。自分が保証人になるのは嫌だったが、彼女の才能は惜しいと思う。どこまで大きくなるか、一度社長をやらせてみたいものだとも思う。

「私が思うに」

と彼は話しだす。

「学歴と学力とは違うものなんだよ。学歴はあれば楽だろうが、無くてもそれなりに生きていける。しかし学力は、無いとどんな所でも生きるのに苦労する。職場の落ちこぼれになってしまうんだ。だから学歴は必要ないが、学力はしっかり身につけておかなければならない」

ふむ、と娘は頷く。彼は続ける。

「キャバクラの社長になるには、それなりの学力がいる。ぱっと思いつくのは、資金調達の方法だとか、税金問題だとか、労務管理や、人材の教育とか、そんなものだね。多くは弁護士だとか税理士だとか、専門家に任せることになるのだろうが、たとえそうであっても、基本的なことは君自身が知ってないと経営はできないと思うよ」

彼女は浮かぬ顔をしてから答える。

「そうなったら成ったで、一生懸命勉強するわよ」

「もちろん君はそうするだろう。頑張るに違いないさ。君にはなるように『する』力があるから」

彼女の目は真剣である。彼は続ける。

「世の中には学歴だけあって、学力のない馬鹿な奴がゴマンといる。もちろん学歴も学力もある者もいるが、そういうのはそれほど多くない。学歴だけあって学力のない奴らは、鼻持ちならない奴が多い。そういう奴らに馬鹿にされないためには、学歴はなくても、学力は身につけておかなければならない。学力は実践で身につけることもできるが、やはり基本的なことは、教えてくれるところに行って、体系的に習うのが、最も効率がいい」

彼女はがっかりした顔になる。そしていう。

「何だ？　結局、学校に戻れってこと？」

「いいや。そんなことはいわない。だけど、大検の塾に行くことは勧めるね。そのあと大学に行ってもいいし、あるいは大検でなくて、簿記とか観光の専門学校に行ってもいい。キャバクラの経営者になる学力は、そういうところに行って、効率的に習ったほうがいい。それは簡単にいうと、世の中の仕組みを習うということだよ。世の中の仕組みを知っているのと知らないのとでは、将来的には大きな差になるからね。それは、例えれば、ゲームのルールを知っている者と知らない者との差だよ。ゲームのルールを知らないままに、闇雲にサイコロを振ったり、将棋の駒を進めたところで、敵の餌食になるのが落ちだ。勝つのは難しい。偶然で勝てることもあるかもしれないが、それはあくまでも偶然だ。しかしルールを知っている者は、勝つ時は、勝つべくして勝つ。その差だよ」

「なるほどね」

と彼女は頷く。そしていう。

「私は今まで高校を中退したらそれで勉強は終わりだと思っていたわ。学力と学歴が違うことだとも知らなかった。それを知らなかった自分に腹が立つわ。騙されていた気分。おじさんのいう通り、学力は必要だわ」

「その通り。だからさっきいっただろ？　なるようになるんじゃない。なるように『する』んだよ」

「おじさん、学校の先生みたいね」

「私も自分でそう思うよ」

「どうして先生をしなかったの？」

彼は腕を組む。昔を思い出して、軽くため息をつく。

「私は韓国人でね。私が若いころは、韓国人は学校の先生になれなかったんだよ」

「ええ、そうなの!?　ひどーい。うちの学校には、アメリカ人の先生とかいたわよ」

「そうかい？　昔はだめだったんだ」

「へええ、そう？　だけどおじさん、韓国人なんだ。表札の名前も見たことがない名前だったから、不思議に思ったんだけど、そうなの？　外国人なんだ」

そして彼女は、

「おじさん、かっこいいじゃん」

といった。彼はその言葉に耳を疑った。韓国人がかっこいいだと？　ふざけてるのか、と彼女を見るが、表情はあっけらかんとしている。

「凄いじゃない。ねえ、日本に何年住んでいるの？」

ふむ、と彼は軽くため息をついた。

「生まれた時からだよ」

「生まれた時って、日本で生まれたの？」

「そう」

「言葉はできるの？　バイリンガル？」

「いいや。韓国のことは何も知らない。日本の学校に行ったから、日本のことしか知らないんだ」

「なんだ。そうかあ、ちょっと残念。でもいいなあ」

「何がいいの？」

「だって外国人じゃない。これってすごいことよ。日本人なんてつまんないわ」

彼は心の底から驚いた。ああ、日本は変わったと思う。自分の時代のチョウセン人は、自分たちがチョウセン人であることを隠し、日本人らしく振る舞うことに汲々《きゅうきゅう》としていた。それをこの娘は、日本人と違うからカッコいい、という。怖らくはこれが日本文化の本来の反応なのだろうと思う。外から来たものはカッコいいのだ。だから何でも貪欲に自分たちのものにしてきた。チョウセンは、日本にとっては、忘れてしまいたい記憶である。だからかつての日本は無理やりそんな過去は存在しないし、日本にチョウセン人なんて存在するわけがないという政策を取ってきた。チョウセン人を日本人ではないという理由で差別し、差別を恐れるチョウセン人は必死で日本人になろうとしてきた。

「外国人でしょ。カッコいいじゃない」

娘のこの言葉は、日本がチョウセン人の抹殺に成功したことを意味しているようにも聞こえた。時代は変わった。自分は長く生き過ぎた、と彼は力が抜けていくのを感じた。それから彼は考える。しかし現実にはチョウセン人がアパートを借りようとしても未だに断られる時代が続いている。それだのに自分が日本人の保証人に成れるとは、彼には思えなかった。しかしもし自分が必要とされているのであれば、何とか力になってあげたいとも思う。やがて彼は覚悟を決める。そして人助けをしてみようか、と考えた。

「大家さんに聞いて、年金暮らしの韓国人でもいいというのなら、保証人になってもいいよ」

「わあ、おじさんありがとう」

彼女は彼の首に抱きついた。彼は彼女の腕を持ってゆっくりと解《ほど》いた。

「大家さんに確認を取った方がいいよ。常識的には年金暮らしの韓国人を保証人でいい、というとは思えないけどね」

「大丈夫だって」

と彼女は直ぐに携帯を取り出す。

「形だけといったんだから、もし、だめだといったら、あいつのテーブルには絶対に行ってやらないわ。同伴も全部断ってやる」

彼女は電話で話す。彼女は電話を切ってから右手の指で輪を作り、

「オーケーよ。だけど免許証か何か身分を証明するもののコピーを付けて欲しいって。おじさん、何かある？　それと印鑑証明もね。それから本当は納税証明とかいるらしいんだけど、それはいいって」

「免許はもちろん、持ってるよ。だけど、外登の方がいいだろうな」

「え？　がいとう？　なに、それ」

「外国人用の住民票だよ」

彼は考える。免許証では永住外国人かどうかは分からない。だからそれが出ている外登書すなわち外国人登録済証明書のほうがいいに違いないと思う。

「印鑑証明が必要なら、ついでに外登書もとっておくよ」

彼はそういってから、

「さてと、じゃあ、書類を出して」

という。彼女は茶色の紙封筒から書類を取り出す。そんな彼女を見ながら彼はいう。

「私には君の保証人になった場合の最大リスクがどれだけかということを図る学力がある。だから保証人になれるんだよ。そうじゃないと怖くて保証人にはなれない」

「え？　リスクって？」

「君が家賃を貯めて消えてしまったら、私がそれを負担することになる。数カ月分の家賃を私が払うことになるだろう」

それ以上のリスクも彼の頭の中にはあったが、あえて彼はそれを口に出さなかった。仮にそうなったとしても、自己破産をしてホームレスになるだけのことでしかないと思ったからだった。その程度のことは、韓国に強制送還されて飢え死にすることに比べれば、何でもないことだと、彼は考える。自己破産は経済的な破滅にすぎないが、強制送還は人格そのものの破滅につながる。そんな非人間的なことをしてきた日本人は、自分たちが何をしてきたかを知らない。

家賃滞納といわれて、彼女は応える。

「私は、そんなことはしないわよ」

「分かってるよ。しかしそんなことをしますといってする人もいないからね」

「やな、いい方」

「まあ、騙されるにしても、分かった上で騙されないと、後でこんなはずじゃなかったというのが一番つまらないからね」

彼は書類を受け取る。

「人にとって一番大切なことは死ぬことだと私は思っている。そして死ぬときに『ああ面白かった』と思って死ねれば幸せだろうと考えている。私は、今からハンコを押すことでホームレスになったとしても、そう思えそうな予感がある。だから押してみようと思う」

「大丈夫よ。私はおじさんを絶対に騙したりしないから」

「それとも一つ。できれば期待を裏切らないでくれよ」

「期待って?」

「学力をつけるということ」

「ああ。学力ね。とりあえず大検の塾を探してみるわ」

「おお、そうか。それはいいね」

彼は書類を開く。賃借人の名前が既に書かれていた。

「へえ、大迫《おおさこ》杏子《きょうこ》さんか」

そして彼は保証人の欄に自分の住所と名前を書く。娘がいう。

「おじさんこれは、きん、みんき、って読むの？」

杏子は彼の名前を日本式に発音した。彼は韓国語式の発音にはこだわらなかった。

「そうだよ」

と杏子を見る。

「ねえ、これからは金さん、って、呼んでいい？」

「ああ、いいよ」

「なんだか今まで名前を知らなかったなんて、不思議ね」

ふむ、と彼はペットボトルの水を飲み干した。

「私も君が大迫さんという名前だとは、初めて知ったよ」

杏子が右手を差し出す。

「これからもよろしくね、金さん」

彼は慌ててその手を受ける。

「これも縁というものだろうね」

二人は笑った。

アパートを去るとき、外は既に暗くなっていた。杏子は水銀灯に照らしだされた一階の郵便受けを見る。表札は風雨に晒《さら》されている。文字は薄くなっているが読めた。彼女はそれを指さしながら、少しおどけて彼にいう。

「ここにも金民基ってあるもんね」

彼は笑顔で頷いた。見送ってから、彼は考える。どうしてわざわざ自分を訪ねてきたのだろう、と。よほど気に入られたようだ、と感じる。あるいは世の中に頼りになる大人がいなさすぎるのか？　ふと彼は、今の時代にチョウセン人として生まれてみたかった、と思った。そして、彼女と恋をしてみたかったという続く思いは、形として現れるよりも早く、心の底に押し込んだ。生きない人間には、必要のない感情だった。

4

日々は何事も無く流れていく。金民基《キムミンギ》は毎日決まった時間に起き、決まったコースを散歩し、決まった時間に図書館に行き、日が暮れそうになると図書館の周りの公園を散歩し、そして家に戻り、立ったまま食事をし、それから韓国ドラマを見て、決まった時間に寝床についた。

時間ができると、大迫《おおさこ》 杏子《きょうこ》のことを考えてしまう。出会った時のこと。図書館での会話、保証人になったこと。ふと、これは現実のことだろうか、と疑う。もしかして自分はボケが始まっていて、妄想や幻想を見ているんじゃないだろうか、という気持ちになる。以前見た映画に、幻想に苦しめられた数学者の話しがあった。ありもしない暗号解読の部署で、毎日ありもしない暗号を解く数学を考え続けていた人の話しだ。数学者は自分が作り出した何人かの人物を実在の人物だと信じて生きていた。それと同じことが自分に起こらないとはいい切れない。自分が見ているものも、もしかしたら幻想かもしれない。

そういえば物事はすべて都合がいいように進んでいる。大迫杏子が自分の目の前に現れるままに、自分は接している。来るは拒まずを信条としているとはいえ、総ては相手の思い通りだ。自分の性格からして、ここまで簡単に相手の話しに乗るなんてことはありえないことだ、と考える。こう考えると、不安になる。やはり大迫杏子というのは実在しない人物で、自分が適当に作り上げた話しかもしれない。

彼は布団に敷いたタオルケットの上に起き直る。自分は保証人になったのに、賃貸契約書のコピーを受け取らなかったぞ。これは自分らしくないことだ。印鑑証明と外国人登録済証明書は、次の日に駅で会って手渡しした。それで終わりだ。彼女の住所も勤めているキャバクラの名前も、どこにあるのかも知らない。おかしいではないか？　自分の性格ではありえないことだ。

彼は台所に来て水を飲んだ。そして椅子に座る。いよいよボケが始まったのだろうか？　彼女は妄想の産物なのだろうか？　それとも現実の存在なのだろうか？

妄想ならば、どうして今頃になって妄想を見るんだろうか？　これまでの四十年間、自分は人恋しさなど感じたことがなかった。一人でいても考えることは多く、学ばなければならないことはさらに多く、忙しくて人と付き合っている暇もないほどだった。どうして今さら若い娘の幻影が必要だろうか？

これがもし現実だとすると、どうして今さらこんなことを考えるのだろうか？　自分は彼女に会いたくてこんなことを考えているのだろうか？　彼女に恋でもしているのだろうか？　いやいや恋や愛などというのは、自分には無縁のものだ。生きないという人生を選択した時から、恋する心や愛する思いはこの世から消えてしまった。それが今さら復活したり「生きる」人生に鞍替えするなどということは、ありえないことだった。

彼は椅子に座って腕組みをする。目を閉じたまま天を仰いで、考える。妥当な結論は、ボケが始まっている、ということではないだろうか？　そうでないと自分がこんなにも、たやすく小娘のために動くなんてことがあるはずがない。来るは拒まず、去るは追わずを生活信条にしているとはいえ、家出娘のいいなりではないか？　何かおかしいんじゃないか？

彼は病院に行くかどうかを考えた。しかしボケで死んだという話しは聞かない。病院に行くのは死ぬときだけだ。孤独死をして体が腐ってから発見されたのでは皆に迷惑がかかる。だから病院で死んで、そのまま火葬場に直行したほうがいい。だからいよいよ死にそうな状態になってから病院に行けばよいのだ。ボケているのなら、ボケるに任せようか？　と彼は考える。そして自分がどんな幻想を描くのか、見てみようじゃないか、という気になる。彼は寝床に戻った。

十月になると、市立図書館は蔵書整理のために二週間の休みに入った。さて困った。途端に行く所がなくなってしまう。市立図書館の分室や支所の予定表をみた。自分の家の近くにも分室がある。そこでの蔵書整理は三日で終わることになっている。分室には歴史書などの専門書は殆《ほとん》ど無いが、歴史小説や時代小説はある。そういうものを読んで時間を過ごそうと、彼は分室に「出勤」することにした。

分室は五百メートルほど離れた市営アパートの一階にある。手前が図書館で、奥は集会所になっている。

何日か分室に通った。お昼を過ぎると、閲覧室には人が増え始める。サラリーマンや主婦のようだった。住宅地ではあっても、スーパーや駅ビルの商店街、中古車販売店、家電量販店など、サラリーマンが勤める場所はあった。そんなところに勤めている人がお昼休みに来るのだろうと思った。そのあとは三時頃まで閑散とする。三時半頃になると子供が増える。近くに児童クラブがあるので、そこの子供たちが来るのかもしれなかった。子供たちは紙芝居や児童書を、寄り集まって読んでいた。四時頃からは中学生が増える。本館の方は七時まで開いているから、高校生も来て結構勉強している。分室は夕方五時で閉まる。

その日も分室に行くと、集会所の前では長い折りたたみ机を置いて、受付を作っているようだった。何かの集まりでもあるのだろうと思った。彼は閲覧室に入ってサスペンスのコーナーに向かう。そこでコーンウェルの「検視官」シリーズの一冊を抜き取る。彼は席について昨日の続きを読み始めた。市立図書館の本館では歴史や民俗学、文化人類学、神話学などの専門書ばかりを読んでいる。分室にでも来ない限りサスペンスものを読むこともなかった。そろそろ読み終えようかという頃、

「あら」

という声がどこかでしたが「検視官」のドクター、スカーペッタの活躍が面白くて彼は本を読み進めていた。

「もし」

という声と机をトントンと小さく叩く音とで、彼は目を上げた。市立図書館に続く公園で写

メ俳句を詠んでいる婦人がそこにいた。

「ああ」

と彼は本を下ろした。

「読書中ごめんなさい。だけど、奇遇ですね。この近くなんですか？」

「ええ、まあ」

婦人はまだ戸惑っている彼を見て、

「本当にごめんなさい。でも、ほんの少しだけ、いいですか？」

という。彼はぎこちなく頷いた。二人は閲覧室を出て、廊下の長椅子に座る。集会所からはまばらに人が出てきていた。ドアの隙間から見える室内には、あまり人は残っていなかった。左手の少し離れた建物の出口の辺りで、いつか蝉の死骸の写真を撮っていた女性と色黒の男性とが会釈をした。男性も俳句仲間のようだった。金民基を連れ出した婦人はそれを見て会釈を返した。そして彼女は金民基にいう。

「せっかく熱心に読書をされていたのに、お邪魔をしてすみません」

「はい」

と彼は不興《ふきょう》げである。

「この近くにお住まいでしたら、句会に参加してみてはいかがかと思いまして。今日もこの集会所でさっきまで、句会をしていたんですよ。私はまだ頭が熱くて、頭を冷まそうと図書館に入ったらあなたが、いらしたというわけなんです。いかがですか、ご一緒に」

「いやあ、自分は不調法なもので」

「最初から上手な人はいませんよ。だけどあなたとはこの一年、公園でよく会いますし、俳句とはご縁があるように思います。いかがですか？　俳句のご縁は楽しいですよ」

そして彼女はつけ加える。

「私なんか未だに下手ですけれど、下手は下手なりに楽しいんです、これが」

彼は苦笑した。そしてふと、もしかしてこれも幻かもしれない、と思う。彼女もまた自分の幻想の産物なのかもしれない。そうでないと今まで何もなかった自分の身近に色々なことが起こりすぎるではないか？　と思う。自分は寂しさに耐えかねて実在しない人物を作り上げているのではないだろうか？　と疑った。彼女は笑顔でいう。

「いえ、本当ですって。吟行《ぎんこう》にいったり、写メ俳句を送ったり頂いたり、やってみると、思いの外楽しいんですよ」

「え？　銀行ですか？」

「いえ、バンクの銀行ではなく、ピクニックに行って俳句を詠む方の吟行です」

「ああ、吟行ですか」

「そうです。楽しいですよ」

ふうむ、と彼は考える。幻なら、こんな具合に会話が入り組まないのではないだろうか、と思う。しかし幻かもしれない。幻か現実か確かめるには一つしか方法がない、と思う。相手の話しに乗ってみることだ。事態がどう変化するのか、ついて行くしかないだろう。そしてそうすることは、生きないという自分の人生には合っている。来るは拒まず、去るは追わずだ。それで彼は聞いてみる。

「句会に入るのに、どのくらいの費用がかかるんでしょうか？　自分は年金暮らしなもので、それほど余裕が無いんです」

「え？　若く見えるのに、もう年金ですか？　自由業か何かをされてる方かと思ってました」

「いえいえ、年金ですよ」

「そうですか。十歳以上は若く見えますよ。私は四十代かと思ってました」

「そんな。おだてなくてもいいですよ」

「別におだてていません。本当に若く見えます」

そして彼女は費用の話しをする。

「句会の会費自体は月に五百円です。皆の作品が載った句誌が送られてきますから、それの経費です。他に今日みたいに地区で集まりをして句会を開くと参加費が五百円です。そのあとの打ち上げとか、飲み会とかは参加したい人だけ参加します。だいたい三千円ぐらいでしょうか。あと地区会幹事の指導句会が月に一度あります。この辺りの団地に住んでいる会員が集まって、句会をします。個人の家でしますから、その時はお茶代として、参加する人が各々三百円負担します。そんなものですから、負担にはならないと思いますよ」

ふむ、と彼は考える。自分の年金水準は他人よりだいぶ低い。蓄えも多くない。しかし月に千円程度で俳句が始められるとなると、心が動く。やってみようかな、と思う。

「じゃあ、試しに参加してみましょうか？」

「え？　本当ですか。まあ良かった。じゃあ、携帯の電話番号を教えて下さい。次の句会の日時とか連絡しますから。私の写メ俳句も送ります」

「すみません。携帯は持ってないんです」

そして彼はつけ加える。

「固定電話もないんです」

「え？　どちらもないんですか？」

彼女は絶句した。

「どうしましょうか？」

少し考えて、

「じゃあ、手紙にしましょうか？」

という。

「だけど、携帯はあったほうがいいですよ。写メ俳句は楽しいですよ。ちょっと見てください」

と彼女は自分の携帯を見せる。白猫があくびをしている写真である。写真がスクロールして俳句が出てくる。

朝顔や
昼寝の後で
知らぬ顔

「ねっ、楽しいでしょ?」

彼にはその俳句と写真の組み合わせが面白いのかどうか判断がつかなかった。

「え、ええ」

と曖昧に答えるしかない。

「俳句をするんだったら、携帯がないと、楽しめませんよ。携帯は必需品です。固定電話はなくても携帯はあったほうがいいですよ」

「そうですか」

「まさか携帯電話を使ったことがないなんてことはないでしょうね」

「会社勤めの時は会社から支給されたものを使っていました」

「そうでしょ? だったら、携帯電話屋に行って、只《ただ》の携帯を買えばいいんですよ。最新のものは高いですからね。旧型で只の物を契約するんです。そうすればお金はかかりません」

ううむ、と彼は腕を組む。本体は只でも通話料は掛かる。どれだけ安くても三千円ぐらいはするだろう。そのコストは痛い。ぎりぎりの生活をしている自分には贅沢だった。皿洗いのアルバイトにでも行こうか、とふと考えた。

「携帯はそのうち考えるとして、とりあえず一度句会に入会してみます」

「ええ。そうしてください」

彼は自分の住所と名前を書いて渡した。

「これは、何とお読みするんでしょう？　きん、みんき、さんですか？」

「はい、そうです」

「そうですか？　金と書いて『こん』とお読みする方は知ってますが、きんさんの場合は『きん』さんなんですね」

「はい、そうです。私は韓国人なもので」

「ああ、そうですか？」

普通はそれから韓国に関することを色々と聞いてくるのだが、彼女は自分を山本由恵《よしえ》と名乗っただけだった。その態度は、無理に自分の感情を押し殺して聞かないのではなく、自然なものだった。世の中には日本人もいればそうでない人もいるし、そんなことは当たり前、といった感じだった。彼はそんな彼女の態度に居心地の良さを感じた。

「ではその内に連絡差し上げます」

と彼女はいってから、笑顔で長い廊下を下っていった。彼は閲覧室に戻った。ミステリーを読むよりも、俳句の本を読みたくなっていた。彼は俳句に関する本を書棚から抜き取って、席に戻った。そして二時間ほどで目を通した。

俳句はとりあえず季語があればいいものらしい、と理解した。そして見たり感じたりしたことを五七五の文字数に閉じ込める。彼はそのように理解した。例として出ていた高浜虚子《たかはまきょし》の句に目が止まった。

流れ行く
大根の葉の
早さかな

目の前に、冬の小川と銀色にきらめきながら流れる水面と、そして素早く流れる小さな大根の緑の葉とが浮かんだ。「すごい」と彼は感嘆した。たったの十七文字で、映画のワンシーンのように鮮やかに情景を切り取っている。これだけできたら楽しいだろう、と思う。そして、自分にできるかどうかは分からないが、とりあえずやってみようと思った。ノートをリュックから取り出して書きつけてみる。

大根の
葉を刻んで
飯を食う

ダメだな。そのまんまだ。面白くも何ともない。それに中の句が字足らずだ。
広大な畑
土から覗き出た大根
遠くに富士の山
さて、これをどう詠むか？

田子の浦
大根畑
富士の山

ダメだな、とひとりごちる。そうやってあれこれと考えている内に、夕方五時の閉館時間になった。これは結構いい時間潰しだな、と彼は考えながら席を立った。外に出ると既に日は落ち、辺りは暗くなりかけていた。

数日して、金民基は山本由恵から手紙を受け取った。なかなかの達筆だった。来月、十一月の句会の案内も入っていた。

久しぶりに手紙を書くが手紙というのもメールと違っていいものだ、とあった。住所を見ると、図書館の向こうにある戸建ての団地になっている。なるほど、彼女は図書館の向こうから公園に来、自分はこちらから公園に行って、そして会っていたわけか、と思う。

彼がいる団地は戦後の高度経済成長時代に造られた。今では古くて老人しかいない地域だ。戸建ての団地はバブルの頃に建てられたもので、まだ活力があるように思った。

彼は返事を出すべきかと迷った。返事を書けば切手代が八十円かかる。自分で持っていけば無料だが、切手が貼られてない手紙を見れば、普通の人は訝《いぶか》しく思うだろう。もしかしたらストーカーのように思うかもしれない。そういう誤解を招くぐらいなら、何もしない方がいい。しかし返事をしないというのは、無視したようで心持ちが悪い。はてさてどうしたものか。

図書館は休みだったが、彼は分室で借りた「検視官」シリーズと俳句を書き留めるノートを、コーヒーを入れた魔法瓶と共にリュックに入れて公園に向かった。公園のベンチに座って本を読む。じっとしていると風が冷たかった。その日は彼女は来なかった。翌日は、公園に行くと彼女が落ち葉を拾っていた。

「こんにちわ」

と彼の方から声をかけた。

「あら、金さん。手紙届きました？」

彼は頷いてからいう。

「はい。どうもありがとうございました。来月の句会に参加させてもらいます」

「え、来てくださるの？　まあ良かった」

そして彼女は手招きする。携帯を取り出して写真を見せる。手で画面を覆って光を遮《さえぎ》ると、イチョウの葉とどんぐりが写っている。スクロールして句が現れる。

秋深し
思いも深し
庫裏《くり》の中

彼女は笑顔で解説する。

「台所の庫裏と木の実の栗をかけたんだけどどうかしら？」

それだと季語が重なるだろう、と思ったが、彼は口には出さなかった。

「なるほど。考えましたね」

と受ける。

「そうでしょう？　自分でもなかなかいい工夫だと思ってるんですよ」

そして彼女は彼を見る。

「でもね、いまいちだと思ってるんです。いつも写メ俳句を送っては後であぁすればよかった、こうすればよかったと後悔するから、このごろは、できたと思ってから、一日置くことにしてるんです。それからみんなに送るんです。お陰で良い句を送れるようになったんですよ。この句も、もう少し推敲します。もっといい句になるような気がするから」

「なるほど」

と彼は頷く。

「金さんは、俳句、作って見ました？」

「ええ、少し、チャレンジして見ましたけど、全くダメです」

「最初からうまい人はいませんよ。何か見れるものをお持ちですか？　持っていたら見せて下さい」

「え？　そうですか？」

彼はリュックの中から大学ノートを取り出した。初めの方は歴史や民俗学の書き止めでびっしりと文字が埋まっている。

「あら、金さん何か研究されてるんですか？　何かものすごく難しそう」

「いえ、暇つぶしですよ」

彼は俳句を書いたページを開いてみせた。

秋風に
軽い葉ほど
遠く落ち

夢をなお
見るを哀しむ
秋の風

新月か
曇りか知れぬ
闇の道

などなど。山本由恵はじっと見て、

「結構いいですね。切り口がこう、なんというのかしら、普通とは違っていて新鮮ですよ」

それから顔を上げて笑顔になる。

「でも、私みたいな下手な人間がいうことは気にしないで。句会に来て、上手な人たちの意見を聞いた方がきっとためになるわ。そのためにも句会には出たほうがいいのよ」

「はい」

それから彼女はノートを戻しながらいう。

「金さんは在日ですか？」

「ええ、そうです」

日本人が『在日』という言葉を知っていること自体珍しいと思う。そう思っていると、彼女は後を続けた。

「中学校のクラスメートに、在日の人がいました。松本さんといいましたが、綺麗な人で、男子学生の大半はその人に惹かれていましたね。お国の人って綺麗な人ばかりですよね。テレビドラマに出てくる女優さんも美人ばかりで、驚きます」

ううむ、と彼はぎこちなく頷く。綺麗だといっても韓国の俳優はほぼ全員整形美人である。イミテーション美人なのだといいたかったが、黙っていた。

「金さんの奥さんも美人ですか？」

さて、何と答えたものやら分からない。

「ええと、離婚しました」

と彼は答える。

「あら、それはごめんなさい」

「いいえ、もうだいぶ昔のことですから、気にもなりません」

「じゃあ、今はお一人で？」

「ええ、一人です」

「私も一人なんですよ。仕事を優先したために結婚の機会も失い、結局今まで一人なんです」

と彼女は笑う。彼は何といえばいいのか分からなかった。それで黙っていた。彼女はいう。

「心は若い時のままなのに、顔の皺ばかり増えて、嫌になっちゃうわ」

ふむ、と今度も彼は頷いただけだった。女性はよく、何とも答えようがないことをいう。彼女は目を上げて、

「あらもう日が陰って来ましたね。そろそろ失礼します。来月の句会でお会いしましょう」

「はい。失礼します」

彼は家に向かった。そして立ったまま解凍した野菜の煮付けに、これまた解凍したご飯を入れて食べた。器は手早く洗って流しの横のかごに入れる。それからリビングに行くと座椅子に座ってテレビのスイッチを入れた。今日のことはどうやら現実のことのようだ、と考えた。

5

眠りの底で、ドアの呼び出し音に気がつく。自分のところを訪ねてくる人間なんてここ何年もいない、と眠りながら思う。誰だろう。目を開けると、真っ暗である。まだ夜は明けてない。蛍光灯をつけ、腕時計を見る。四時前である。その間もピンポンは鳴り続けている。パジャマ姿のまま覗き穴から外を見ると、酔ってふらついている女性一人のようである。部屋を間違えたな、と思いながら、彼はドアを開けた。壁に凭《もた》れてふらつきながら、呼び鈴を押しているドレス姿の女が、顔を上げる。大迫《おおさこ》杏子《きょうこ》だった。一月半ぶりぐらいの再会だ。こうなると現実なのか幻なのか判断がつかなくなる。俺は幻影を見ているのだろうか？　存在しない人間を思い描いているのだろうか？　と己自身を疑う。

「ああ、おじさん起きてくれたわね。ありがとう」

だいぶ酔っている。彼女は壁に左手をつき、右足を曲げてかかとを後ろに高く上げ、サンダルのような形の、ピンク色に光っている履物を指先で押して玄関に落とした。幻なら幻でもいいや、と思う。自分がどんな妄想を抱くのか、眺めていようと腹をくくる。

「まあ、入って」

と金民基《キムミンギ》は彼女のために道を開けた。杏子は倒れるようにキッチンの椅子に座る。ハンドバッグは床に落とした。グラスに水を入れて出した彼の鼻先に香水の匂いが漂う。それから酒の臭いがしてくる。

「ごきげんだね」

というと杏子はガバッと背筋を伸ばし、

「おじさん、ご機嫌なんてもんじゃないわよ」

彼女は霞が関の官僚と飲んでいたと話しだす。高校中退と知った杏子を見下し、体を触り、当然ホテルについてくるものだという態度をとったらしい。

「おじさんが学歴はあっても学力のない奴らといっていた意味がやっとわかったわ。あんな奴らが国を動かしているなんて許せない」

ふむ、と彼は頷く。学力と人格もまた別のものなのだが、と思う。しかし酔った人間に冷静な議論は無理だろうと思い、黙っていた。これが妄想なら、俺はこの妄想をどう動かすのだろうと、己自身を見物する気分になる。それをまた眺めている自分がいる。

彼女は彼の意見を容《い》れ、あのあと直ぐに大検の塾に入った。そして直ぐに自分が馬鹿で勉強ができなかったのではなく、先生の教え方が悪くて、理解できなかったのだと知った。

「だって、塾の先生は、ものすごく分かりやすく説明するのよ。例えの話にしたって的確だし、数学だって現実にありそうな話しから始めるから、ものすごく分かる。数学なんて基本的には足し算しかないのよ。四角を足すのは掛け算だし、三角に積まれたものを下から足していくのはシグマだし、体積を足すのは積分よ。ロケットの燃料は、衛星を飛ばすのに必要な燃料と、その燃料を上空に運ぶための燃料と、そのまたそれを上空に運ぶための燃料と、というふうに、ずうーーーと計算しなければならないから、積分で計算するのよ。これって足し算なの。引き算は足し算を視点を変えて見ているだけで、こちらから見たら足し算でも、あちらから見ると引き算になる。コンピューターも引き算を足し算で計算してるんだってね。補数というものを使って、引き算を足し算にしてるんだって。例えば10引く6を、6に何を足せば10になるか、で計算するのが補数よ。6に4を足すと10になるでしょう? コンピューターはそうやって計算してるんだって。6の補数が4なのよ。ね、引き算まで足し算でするなんて、すごいと思わない? コンピューターはそうやって計算してるんだって。だから塾の先生がいうには、結局世の中には足し算しかなくて、簡単に足す方法を見つけるのが数学だっていうの。ねっ、これってすごく面白い説明じゃない? だけど高校の先生なんて、そんなこと何にも知らないわよ。機械的に公式を覚えて、当てはめろ、だもの。勉強はいい成績を取るためであって、世の中で役に立つ知識を得るためにするものだとは、全くこれっぽっちも思ってないんだから。あいつら碌《ろく》な奴らじゃないわ。先生失格よ」

コンピューターが引き算を足し算で計算しているということも、補数というものも彼は知らなかった。自分が知らない知識を自分が作り出した幻想が話すことはできない、と彼は考える。となると、いま自分の目の前で展開されている光景は、どうやら現実らしい、と思う。

彼女の演説は続く。やがて彼女を見下した官僚を罵ってから、

「英語だってさ、学校の先生なんか碌にまともな説明ができないんだから。おじさん『アイ、

ゴー、ゼア』私はそこへ行く、という時の『ゼア』には場所を示す『イン』とか『オン』とか『アット』とかがつかないんだけど、これがどうしてだか分かる?」

彼は一つ頷く。

「副詞に前置詞はつかないよ」

杏子は手を叩く。

「ピンポーン、大正解。さすがおじさんね。だけど学校の先生なんて、そういうきちんとした説明なんかしないいんだもの。いきなり構文がどうのこうのでさ。そういう教え方をされると『そんなことはどうでもいいじゃん』と思っちゃうわよ。だけど塾の先生は、読解と英作文を瞬間でやるのが英会話で、じっくりやるのが読書だというのね。英会話はスピードが速いから、理解すべき文も英作文も簡易なもので、慣れればすぐに出来るようになるものだっていうの。しかし本を読んで理解するのは、基本的な知識がないと、誤って理解したり、きちんと相手に伝わる英作文ができないのよ。だから本を読んで理解するというのが基本になるの。自分の考えをきちんと伝えたければ、英会話の練習をしてるだけじゃダメなのよ。それ以前に理解する力がないと、会話が成り立たないでしょ? 相手が仕事の話しをしているのに、こっちは挨拶と天気の話ししかできないんじゃ、仕事にならないじゃない? だからね、塾の先生は先《ま》ず訳させるの。その時に最初にさせるのが『どれが動詞か』ということなの。動詞が分かればそれより前が主語で、あとが述語になるから、大きな塊での意味はそれだけでわかるわ。それから主語の塊はどういう意味で、述語の塊はどういう意味かを突き詰めていく。この段階で品詞がわかってないときちんと訳せないということが分かったわ。学校の先生なんて、どれが動詞かなんて、一度も聞いたことはないわよ。とんでもない奴らよ、あいつらは。塾の先生が構文の話しを始めるまでには、こんなにたくさんの解説があるの。だから、構文を知らなければならないという必然性が分かるし、理解もスムーズよ。理解できるとどんなことでも簡単なんだっていうことが分かったわ」

彼女は水を飲み干す。そして断固とした口調でいう。

「分かってない奴に習ったんでは、絶対に分からない、ということが分かったわ。悪いのは生徒じゃないのよ。先生よ。あいつら、みんなクビよ」

そして彼女は金民基を見つめていう。

「わたしは東大に行くことにした。これから二年間で高校の三年分を挽回して、二浪と同じ速度で東大に行く。だからキャバクラやめて、おばあちゃん家《ち》に行くことにしたの。おばあちゃん家に居候して勉強に専念するわ。学歴だけの馬鹿者に対抗するには、こっちも学歴がなきゃダメよ」

金民基は何もいわなかった。水をもう一杯汲んで彼女の前に置いた。

「おじさんはどう思うの？　意見をきかせて」

ふむ、と彼は腕を組む。幻影でないならば、適当に答える訳にはいかない、と思う。緊張する。

「勉強は何のためにするんだろうか?」

杏子はしかめ面になる。

「また、難しいことをいおうとしてるわね。いいわ。聞いたげる。いって」

彼はカップに入れていた自分の水を一口飲んだ。

「知識は、搾取するために使うべきではなく、知らない人たちのためになるように使うべきものだ。学歴というのは、そうした目的がない者には無意味だと思う。むしろ害悪だろう。だから学歴だけある馬鹿者に馬鹿にされないために東大に行くというのは、ちょっと寂しいね。きっかけはそれでもいいけれど、世の中に出たら、自分よりも知識がない者のために、その知識を使えるようであって欲しいと思う」

「まぁた、おじさん。クソ真面目なんだから」

そして彼女は彼に聞く。

「おじさんはどうなの? そうして来たの?」

彼は自分の人生を振り返る。そして口を開いた。

「残念だけれど、若い頃はうまくできなかったよ。自分の妻も馬鹿にして、傷つけた。だから逃げられた。しかしこのごろは、知識のない人を馬鹿にしないようにしてるつもりだ。それから、自分の知識で誰かを助けた、ということもないな。私は大学を出る頃には、人生を諦めていたし、まあ、元祖草食系みたいな生き方をしてきたから、人の迷惑にならないように気をつけてきただけだね」

それから彼は杏子を見てつけ加える。

「君は上を目指すからには、今の君のように、馬鹿にされたら腹を立てる人たちの味方であって欲しいと思う。私は競争そのものに背を向けた生き方をしてきたから、まあ、できるだけ人の迷惑にならないようにするだけだったな。目指す方向性が違うから、対処法も違うとは思うけど」

彼は頷く。

「まあ、いいわ。とにかく私は頑張る。おじさん、ちょっと一眠りさせてね」

「布団は一つしか無いけれど、私はもう起きるから、そこで寝るといい」

「ジャージか何かない？」

「ジャージね。どこかにあったな」

彼はタンスを開けて古ぼけたジャージを出した。衣装は殆《ほとん》ど持ってない。背広は卒業したときに買ったものと礼服とがあるだけだった。それらを着るのは一年に一度あるかないかだった。妻が子供を連れて家出をしてからは、タンスの中は空っぽである。衣類は十年に一度下着を買う程度だった。上着はいつも会社支給の作業着を着ていた。

すぐに寝息が聞こえてきた。彼はそっと外に出て散歩をした。駅まで歩いてアパートに戻る。

もう、けやきの木は殆《ほとん》どの葉が色づいていた。歩道の植え込みの脇にはところどころに枯葉の山が作られている。一句読む。

枯葉落つ
若き娘の
義憤かな

いまいち、いやや、いま二だな、と思う。まだ六時である。彼はもう一回りすることにした。家で図書館から借りてきた本を読んでもいいけれど、落ち着かないように思った。団地の間を歩いて隣り町の駅に向かう。彼の町と隣り町は、戦後の早い時期に建てられた団地である。住人の多くは独居老人である。掃除をしている人もたいていは老人である。目が合えば会釈ぐらいはする。彼は背筋を伸ばして歩く。古い団地の間にあとから建てられた間取りの広いマンションには、若い夫婦と子供たちが住んでいた。それで何とか街の活気が保たれていた。

彼は隣り町の駅まで行って、再び引き返した。七時半頃、杏子と初めて会ったコンビニに着いた。駅に向かう出勤姿の人や中学生などがたくさんけやき並木の道を歩いていた。自分は朝ごはんを食べないが、彼女は何かを食べるだろう、と考えた。トーストと、卵とハム、それにバターと牛乳を買った。いずれも彼自身は、卵を除いて、ここ数年口にしたことがないものばかりだった。

家に戻ると、彼女が布団の上に起き上がっていた。ドアの音で目を覚ましたようだった。

「おじさん、おはよう」

時計は八時前だ。三時間ぐらい寝たことになる。彼は、

「起こしちゃったかな。もう少し寝てればいい」

といった。

「ううん、もう充分に休んだわ」

「じゃあ、朝めし食べるかい？」

「うん、ありがとう」

彼は手早く目玉焼きとハムの炒め物を作る。そしてできた料理をテーブルに出した。彼女はキッチンの椅子に力なく座り、テーブルに置いたグラスの水を飲んでいた。

「パンはどうする？　焼くかい？」

「うん、少し」

「ええと」

と彼は餅焼き網を探す。トースターが無いので、ガスコンロで焼くことを考えたのだった。

「どうしたの、おじさん？」

「いや、網がなくて」

「このレンジ、オーブンはついてないの?」

「さあ、それはどうだろう? 使ったことがないが」

杏子はレンジのボタンの幾つかを見て、

「オーブン機能があるわね。これで焼けるわよ」

そしてターンテーブルを取り出して内部をティッシュで綺麗に拭き、トーストを入れた。

「おじさんはトーストを何枚?」

「うん? そうだな、一枚もらおうか」

杏子はトーストにバターを付けて食べる。彼はバターは好きではない。油を食べているような気分になる。それで何もつけないで食べる。

「おじさん、私の携帯あげるわ」

何のことやら分からなくて、彼は杏子の顔を見る。

「客から電話が掛かってくるから、この携帯はもう使わないわ。解約してもいいけど、おじさん携帯持ってなかったでしょ。これあげるから使って。私は新しいのを買うから」

赤いボディーに、光る小物がごてごてとついた携帯を見る。ストラップもたくさんぶら下がっている。彼女は牛乳をたっぷり入れたコーヒーを飲んでからいう。

「通話料なら気にしなくていいわよ。おばあちゃんに払わせるから」

「そんなわけにはいかんだろ」

「いいのよ、おばあちゃん金持ちだし、それに本当は、金さんのこと、よく知ってるの」

「え？　どうして？」

「金さんと同じ大学だったって。金さんのこと好きだったんだけど、金さんは全く私のおばあちゃんのこと意識してなかったみたいね。片思いで振られたといってたわ。それで興味が湧いてね。金さんのこと調べたら、すぐに分かっちゃった。だって十年前の同窓会名簿の住所のまんまなんだもの。拍子抜けしちゃった」

それで杏子は何かと自分につきまとっていたのか、と合点が行く。

「金さんの名前は、初めて見たような振りはしたけどね」

と杏子は付け加えて肩をひょいと上げた。彼は考える。杏子のおばあさんというのには、心当たりがなかった。ゼミには女性が一人いたが、あの人は大河内《おおこうち》さんだった。名前が変わっているので今も覚えている。

「誰だろう？　大迫さんなんて記憶にないけど」

「大迫はおばあちゃんの娘が嫁いだ相手よ。バカ親父の名前よ。私の母親がおばあちゃんの娘なの。木下というのよ。おばあちゃんの名前は木下淑子《きのしたとしこ》」

「木下淑子？　さあ、記憶にないなあ」

「ええ！　本当なの！　ああ、おばあちゃんかわいそう。全く意識されてなかったのね。若い頃は結構美人だったのにな。金さんの好みじゃなかったのかな」

木下、木下、誰だろう、と思う。大河内さんが嫁いで木下になったのかな？　しかし大河内さんの名前の方は確か和代だった。だが彼は、一応確認してみる。

「おばあさんは木下さんのところに嫁いだの？　もとは大河内さんという名前じゃない？」

「ううん。おばあちゃんは養子をもらったの。独身の時も、結婚してからも木下よ」

「あっ、そう」

やはり木下という名前に心当たりはなかった。学生時代はアルバイト先を除き、専《もっぱ》ら在日韓国人と付き合っていた。大学の中ではゼミの日本人と、雀荘で知り合った日本人が、彼の付き合った日本人の総てだった。女性は大河内さん以外にはいなかった。何百人も入る大きな教室での授業中の記憶も探るが、まるで心当たりがない。杏子がいう。

「いずれおばあちゃんから電話があると思うわ。電話があったら会ってあげてね。昔の恋人に会えるなんて、素敵じゃない？　おばあちゃん、ビルを幾つも持ってるから、電話代なんて気にしなくていいわ。昔の恋人とのホットラインなんだから、電話代ぐらい払うわよ。それに私も金さんと話したい時は、気楽に掛けられるしね」

彼は狐につままれたような思いだった。一体誰なんだろうと、まだ不思議だ。恋愛には疎《うと》かったが、異性に好かれていて気がつかないほど鈍感ではないはずだが？　と思った。しかし杏子のおばあさんが誰なのか、全く心当たりがなかった。

「じゃあ、まあ、しばらくは、この電話を預かっておくよ」

彼はそういった。自分を好きだったという人に会ってみたい気持ちがあった。

「使いたい時は使ってもいいわよ。金さんだったら殆ど使わないでしょ」

「まあ、いままで携帯がなくても間に合ってるからね」

杏子はコーヒーを飲み干してからいう。

「だけど当分の間は客からの電話ばかりだと思うわ。そんな時は、この電話番号は新たに買ったものだとか何とかいって、適当にあしらっといてね。ああそれからあとで充電器を送ってお
くわね。これに住所を書いてくれる?」

赤い革製の手帳を差し出す。彼はそこに自分の住所を書いた。杏子は化粧を直して彼のアパ
ートを出た。

彼は図書館に行く時に、電話を置いて出た。というよりも今までに使ってないものなので忘
れて出たのだった。図書館から戻ると、電話が鳴っていた。

「はい」

と受けると、

「あれ、マリアちゃんの電話じゃないの?　どちらさん?」

金民基は電話の掛け方も知らない奴だと、中腹《ちゅうはら》になる。同時に杏子の店での名前がマリア
だったということを知った。

「お宅こそどちらさんですか?　この電話は私が今日契約したものなんですが」

「ええ！　そうなの？　昨日まで通じていたのに？　そんなに早く次の人に番号が行ったっけ？」

ヤバイと思いながらも彼は強弁する。

「とにかくこの電話は、私が今日契約したものです」

「あっそう。マリアちゃんは電話を解約したってことね」

プツッ、と電話は切られた。全くお前みたいに常識のない奴が持てるわけ無いだろ、とストラップやデコレーションがごてごてとついた赤い携帯を睨みつけて心の中でいった。

再び電話が鳴る。出ようとしたが、思いとどまった。数日は出ないで、それから新たに契約したのだ、といったほうがいいと思う。彼は電話の電池を抜いて、本体と共にタンスにしまい込んだ。

翌日、家に戻ると充電器が宅急便で届いていた。不在票が入っていたので、彼は携帯にバッテリーを戻して、運送会社の担当者に電話をかけた。電話を終えると、直ぐに着信があった。彼は無視して再びバッテリーを抜いた。

週が開けてから、彼は電話を使える状態にした。着信があるたびに、

「この電話は私が新たに契約したものです」

といい続けた。しかしテレビを見ていても電話は鳴る。自動音声でこの電話はマリアのものではない、と答えさせたいぐらいだった。彼はマナーモードにする方法を知らなかったので、

夜は携帯をタオルにくるんで押入の奥に仕舞った。彼は電話に出られるときには出て、根気強く自分が新たに契約した電話である、といい続けた。

一週間ほどで、やっと電話は静かになった。それで彼は携帯電話をリュックサックに入れて図書館に出かけるようになった。杏子の祖母から電話が来ることを密かに心待ちにしていた。自分を好きだったという木下という女性には全く心当たりがなかった。いくら記憶を探ってもそれらしい人に出会ったような思い出もなかった。四十年も前のことである。ボケてなくても記憶は曖昧だった。

しかし祖母の話を聞いて杏子が自分を訪ねて来るぐらいだから、ただの冷やかしではないだろう。そして彼はもしかしてこれが幻想だったとしたら、と考えてぞっとする。自分はそんなにも人に好かれたがっていたのかと、自分という人格を疑った。いつも他人とは違う意見をいっていたから、他人に無視されたり、嫌われたりというのは常のことだったが、だからといってこの歳になって人に好かれる幻想を見るとは、俺はそんなに弱い人間だっただろうかと、電話機をじっと見る。電話機は、手の中にある。これは事実だ、と自分にいう。この質感、この肌触り、これが幻想なんかであるはずがない、と彼は自分に何度もいい聞かせた。

図書館で本を読んでいると、どこかで電話が鳴っている。どこの馬鹿だろうと、思うが、次の瞬間、自分のリュックから音が出ていることに気がつく。慌てて彼はリュックを持って、閲覧室を出た。そして、

「はい？」

と返事をする。

「あれ？　そちらの番号は、ゼロキューーゼロの」

と相手は電話番号を再確認する。落ち着いた年配の声だった。どこかの会社の重役かもしれないと彼は思った。マリアは広い年齢層に支持されていたようだった。彼は答える。

「番号はあってますが、この電話は最近私が契約したものなんです」

「そうでしたか。それは失礼しました。今後はこの電話番号には、掛けないようにします」

「はい、分かりました」

電話は切れた。こういうふうにきちんと電話が出来る人は少ない。常識のある紳士なんだろうな、と彼は思う。声の調子や話し方で相手の風貌や身なりを想像できるようだった。

彼は電話を見つめる。今のは事実だ。幻想なんかじゃない。しっかりしろ。俺はボケてなんかいないぞ。長年人と口を利いてないからってボケてなんかないぞ。

そして彼は赤い携帯電話を見て、着信しても音が出ないようにしなければならないと考えた。しかし色々といじくってもよく分からない。ああ、本を読む時間が減っていく、と彼は内心で焦った。そして山本由恵《よしえ》を思いだす。そうだあの人に使い方を教えてもらおう、と思った。

午後四時頃彼は図書館の前の公園に行く。このごろは六時だともう暗くなっているから早めに出た。山本由恵が裸木の間をマフラーを巻いて歩いていた。目があって二人は挨拶をした。

彼は話す。

「山本さん、携帯電話の使い方を教えていただきたいんですが？」

「あら、携帯を買ったんですか？」

〈いえ、他人から電話を預かって〉

と、いおうとして彼は瞬間考える。他人から電話を預かるなんて、変じゃないか？　普通はそんなことは起こらない。彼女に変に勘ぐられるのも嫌だった。それで彼は、

「いえ、娘が電話を貸してくれたもので」

と、取り繕った。

「え？　娘さんが？　それは良かった」

そして彼女は聞く。

「でも金さん、一人暮らしじゃ？」

「ええ。別れた女房についていった娘がいまして、その子が貸してくれました」

「ああ、そういうことですか？　それは良かった」

娘とは三歳の時に分かれて、中学生の時に一度会ったきりである。娘は自分の父親がどんな人間か一度見てみたかったのだろう。一人でアパートに訪ねてきた。その時どんな話しをしたのか、もう覚えていない。それっきり娘は訪ねて来なくなった。今は三十二歳だ。道で会っても分からないだろう。結婚したのか、どんな生活をしているのかも知らない。別れた妻とは、

これまでのおよそ三十年間、一度も会っていない。肉親に対する情は、自分でも驚くほどに無かった。脳の配線が何本か切れているのかもしれない、と感じるほどだった。生きないと決めてからは、人を好きになったり、愛するということがなかった。いや、それ以前に物心ついた頃から、人を好きになったことがないように思った。

彼の父親はチョウセン人はダメなんだと、ことあるごとに家族の前で呪っていた。それは生きる辛さを、家族の前で愚痴って甘えていただけのことだったと、今になって分かるものの、当時の幼い彼は、そんな父親の姿を見て、自分も同じチョウセン人であることを嫌った。チョウセン人は汚い。チョウセン人は臭い。チョウセン人は生きるに値しない。彼は自分を卑下し続けた。そして成長し、老境に入ってから気がついた。自分を愛せない者は、他人も愛せないのだ、と。彼は生まれてこの方、誰も愛したことがなかった。人を愛した記憶がなかった。心の片隅では人並みの恋愛をしてみたいと願いながら、実際は誰も好きにならないように努力して生きてきたと、今になって感じるのだった。

「まあ、凄いデコレーション」

と山本由恵はいった。赤い色の携帯電話を持ち、

「ええとね、これじゃないかな?」

と何かをいじる。

「ほらできた」

「え？　いまどうしました？　ちょっと教えて下さい」

「ここね、このボタン」

と彼女は携帯電話の側面に付いているボタンを示す。

「え？　そんなボタンですか？　私は画面を操作するのだとばかり思っていました」

「画面操作でもできるんでしょうけどね。こちらのほうが簡単ですよ。これを押すとマナーモード、もう一度押すと解除です」

彼も試してみる。マナーモードになるとブルブルと震える。解除すると「プルルン」と音が鳴る。

「なるほどねえ」

と金民基は感心する。

「こんなに簡単なことだったんだ」

「分かってしまえば簡単ですよ。慣れですよ」

そして彼女はつけ加える。

「これで金さんも写メ俳句ができますね」

「ええ、まあ。だけどまだ使い方が分かりません」

「すぐに慣れますよ。私の写メ俳句をまずは送りますから、金さんの携帯のデータを下さい」

「ええと、それはどうすればいいんでしょう？」

「ええとね。赤外線があるはずですよ」

そして彼女は何度か操作をして、

「はい、これでいいわ。私のデータもそちらに送っておきました。メールアドレスは、と。あれれ、何ですかこれは？」

そういわれても金民基には何のことやら分からない。山本由恵が画面を見ていう。

「マリア、テレサ、テン、テコマイ？」

そして彼女は大きく頷き、

「ああ、そういうことね。マリア・テレサと、テレサ・テンと、テンテコマイを繋げてるのね」

そして彼女は彼を見ていう。

「金さんのお嬢さんて、ユーモアのセンスがおありなんですね」

「いやあ、それは何とも」

試しに山本由恵は最新作を送る。金民基の携帯が震える。彼女はそれを見て、

「あ、着きましたね」

という。

「これを押すと」

と彼女は真ん中のボタンを押す。電話を受けるボタンとは違うボタンだ。そのボタンなんだ、と彼は頷く。

「メールが開きますから、ほら」

と彼女は携帯の画面を示す。裸木の影が地面に写っている写真だった。

枯れ枝の
影と踊るは
毒リンゴ

彼は正直な感想をいった。

「ううむ。よく分からないんですが」

「やっぱりそうう？」

と彼女は残念そうに微笑む。

「ディズニーの白雪姫で、森の木がざわざわと動き出すような場面があったじゃない？ それをイメージしたんだけど、無理だったかしら」

「なるほど。そう聞くと、それらしく見えますね」

「まあ、無理しないでいいですよ、金さん。私はプロじゃないんだから。質よりも量で楽しまないと」

「別に無理はしてません。今のお話しを聞くとそう見えます」

「そうう？　金さんて優しいのね」

「いやあ、そんなこともないですが」

「今度は、金さんも作って、こちらに送ってね」

「はい。チャレンジしてみます」

「句会は、今度の土曜日よ。忘れないで」

「はい。分かりました」

金民基は家に戻って、メールの画面を開いてみた。客からマリア宛のメールが数多く届いていた。電話とは違う着信音がしていたが、そうか、それはこれだったのかと彼は気がついた。

〈マリアちゃん、どうして返事をくれないの？〉

〈マリア、湘南の海を見に行こう〉

などといったメールが並んでいた。五つほど見て、彼は開くのをやめた。オスというのは厄介なものだと思った。マリアはメスである前に女だろうと思った。女に対抗するには、オスをやめて男になるしかない。オスのままではマリアをものにできない。それをこいつらは分かってないと思う。まずはマリアの心をつかむ努力をすべきなのだ。心を得られれば体は自然とついてくる。

彼はキッチンの写真を撮ってみた。写真は撮れたが、俳句は思い浮かばなかった。難しいものだと思った。自然や人生の瞬間を五七五で切り取る。なかなかに面白いと思う。しかし思う

ように は行かない。頭の中で考えを整理してみる。キッチンは食事を作り、命を保つ場だ。しかし一歩引いてみると、それは無機質な金属と木材を組み合わせた空間でしかない。自分がいればキッチンだが、自分がいなければゴミだ。

キッチンで
命つないだ
人は亡し

少し考えて下の句を「人逝《ゆ》けり」にしてみる。面白くない。そのまんまだ。その人にとってはキッチンでも、その人以外にとっては単なる意味のない空間なのだ、という部分が表現できない。ううむ、と考えこむ。暫《しばら》くして時間が経っていることに気がつく。韓国ドラマを見なくちゃ、と慌ててテレビをつける。俳句というのは、老後には最適な娯楽のように思った。金はかからず、創造力を掻き立てられ、そして時間消費型だ。

いつもの時間に寝床に入りキッチンの句を思い返す。そして無季であることに気がつく。季節を入れなければならない。厄介だが、そこがまた面白い。

6

句会の日がやってきた。金民基《キムミンギ》はジャンパーにリュックというわいつもの出で立ちで、図書館の分室の隣にある集会所に行った。受付で入会申込書を書き、会費と句会料をあわせて千円払う。そして番号札をもらう。

金民基は山本由恵《よしえ》から数人の知り合いを紹介してもらった。一人はいつか山本由恵と蝉の死骸を見ていた人で菊池遼子といった。六十は過ぎているだろうに、色白で若いころの可愛らしさが残っている人だった。もう一人は水嶋研一という、肌が黒く日焼けしている人だった。贅肉がついてなく、精悍な感じがした。ちょっと見た目には俳句を詠むような人には見えなかった。この二人は先月の句会で、遠くから山本由恵に会釈をした人たちだ、と金民基は思い返した。他にパソコンが得意な人で自分の俳句と山の写真をインターネットで公開している人や、お茶の先生や、ブティックの経営者もいた。

句会が始まって最初に番号が読み上げられた。当たった人は今日の選者に成るのだった。過去に選者になった人は辞退することになっている。そして新たに選びなおす。

水嶋研一は選ばれて、選者席に座った。選者は最前列でこちら向きに五人並んだ。他に主宰と、地区会の幹事とが常任の選者であった。

まずはお題が示される。枯葉、柿、きのこ、それ以外の自由題で作るのもお構いなしである。

金民基は枯葉で挑んでみる。制限時間は五分である。

若き日は
枯葉のあるを
知らざりき

白い用紙に書いて、前に回す。全員の用紙の束は、適当に七つに分けて選者に配分される。選者はその中から良いと思うものを三枚選ぶ。十分ほどして選ばれた句がホワイトボードにマグネットで留められる。後ろの方からは文字が見えない。それを地区会の世話人の女性が読みあげていく。何句かめで、思いがけずも金民基の句が読み上げられた。

「あ、あれ私のです」

金民基は思わず山本由恵にそういった。

「え？　ほんと？　金さん。凄いわねえ。私なんか一年に一回も選ばれないのに」

「私なんか、今までに二回よ」

と菊池遼子。やがて選者が批評する。金民基の作品を選んだのは和服姿の女性だった。

「今と若いころのギャップがよく出ていると思います」

と和服姿の女性はいった。

「中の句の『枯葉のあるを』を『枯葉落つるを』としたほうがもっと良いように思います。いい句だと思います」

金民基は嬉しくなった。日本人に温かい言葉を掛けられたのは、生まれて初めてのように思った。人に褒めてもらうと、人間はこういう心持ちになるのか、と思った。その後の挙手投票で彼の句は主宰の選には漏れたものの、三人からの支持を得た。水嶋研一も手をあげていた。俄然彼のやる気に火がついた。しかし続く題に対する作句は、褒められる句をつくろうという意識が強すぎて、なかなかうまくまとまらなかった。作為が強すぎれば強すぎるほど、句は凡庸なものになってしまった。

時間はあっという間に経ち、十二時になった。二時間の句会では短かすぎると思った。

「金さん、反省会をして行きませんか？」

と山本由恵が誘う。水嶋と菊池遼子が後方にいる。

「私たち、たまにそこの蕎麦屋で反省会をするんです。いかがですか？ ご一緒に」

「そうですか？ 行きましょうか？」

金民基は皆の後ろについて行った。掘りごたつ形式の個室が都合よく空いていた。六人が座れるようになっている。地区会幹事の指導句会に自宅を提供している小室夫婦も加わり、一行は六人だった。地区会には今日のような句会の他に分会のような俳句の集まりがあった。地区会の幹事がやってきて俳句の指導をするのである。それを毎回小室のところでしていた。金民基も誘われたので、参加することにした。

小室は現役時代はメーカーに勤めていた。今は夫婦で年金暮らしであった。俳句は始めて五年ぐらいになる。小室は腹が突き出て頭が禿げ上がっていた。あまり積極的に話さないので、営業職ではなかったようだ、と金民基は考えた。

水嶋研一が聞く。

「金さんは国籍はどちらなんですか？」

「韓国です」

「ああ、そうですか。言葉はできるんですか？　近頃は韓国もののドラマが多いじゃないですか？　あれが分かると、いいですよね」

金民基は少し緊張して答える。彼にとっては苦痛な時間である。自分が何も知らない無能な人間であることをさらけ出さなければならない。

「簡単な会話ぐらいは出来ますが、ドラマで話していることは、私にも分かりません」

「そうですか、それは残念ですね」

そして水嶋は話題を変える。

「ところで金さん、若く見えますが、お歳は幾つですか？」

「六十一です。昨年から年金生活に入りました」

これについては水嶋より早く、小室が反応した。

「本当に六十一ですか？　私より年上じゃないですか？　どうしてそんなに若いんですか？」

彼はテーブルに腹が当たって窮屈そうである。対して金民基には殆《ほとん》ど贅肉らしいものがついてなかった。小室は更に続ける。

「私は五十くらいの人かと思ってました。若く見える何か秘訣のようなものがあるんですか？あったら一つ教えてください」

金民基は以前見たテレビ番組のことを話す。人間には総ての人に長寿遺伝子というものがあり、世の中にはその遺伝子にスイッチが入っている人と入ってない人とがいる、というものだった。小室は聞く。

「そのスイッチは、どうやったら入れることができるんですか？」

「それは、カロリーを摂らないことなんだそうです。一日に必要なカロリーよりも少ないカロリーを摂っていると、スイッチが入るらしいんですよ。私は一日に一食が普通ですから、それでスイッチが入っているみたいですね」

「え？　一日一食？　それは、とても我慢できないですよ」

水嶋が割って入る。

「カロリーを摂っても、運動すればいいんですよ。毎日適度な運動をしていれば、私のように体力を維持できます。私は六十五歳ですが、毎日十キロ走ってるんですよ。来年はいよいよ東京シティーマラソンにデビューです。やっと抽選に当たりました。フルマラソンは今までに十五回完走していますからね」

小室は受ける。

「水嶋さんは別格ですよ。若い頃からスポーツをしているし、最初お会いした時から五年ぐらいになるけれど、この間全然歳を取っていませんものね」

小室夫人が夫にいう。

「あなたも何か運動をしなさいよ」

「俺は血圧が高いからな。下手に運動をすると却《かえ》って毒だよ」

小室は山本由恵と菊池遼子を見て聞いた。

「お二人も何か運動されてるんですか？」

菊池遼子が頷く。

「私も水嶋さんと同じスポーツジムに通って運動をしています」

山本由恵も答える。

「私は毎日公園の散歩です。合間合間に俳句を詠みますの。万歩計をつけて歩いているんですけど、これが結構歩くんですね。普通七千歩くらい。多い時で一万歩は歩いてますよ」

小室は頷いていう。

「私、それやります。俳句をやっているわけだから、毎日歩きながら俳句を作るようにしますよ。それがいいや」

蕎麦が来た。小室は天ぷらそばである。金民基は盛りそばだった。一番安いものを選ぶと、意図しないでカロリーが低いものを選ぶことになる。

金民基は考える。死に近いところにいよう、いつでも死ねるようにしようと思ってなるべく食べないようにしてきたことが、長寿遺伝子にスイッチを入れることになり、自分を長く生きさせる方向に作用するとは、何とも皮肉なものだと思った。

彼は箸を持つ。食べるのは異常に速い。父親の説教や演説から逃れるには、膳に着くやいなや食べ物を胃の中に流しこんで、そして一目散に逃げ出さなければならなかった。その癖が付いているから、箸を持つと無意識の内に、早く済ませようというスイッチが入る。彼は周りを見ながら、意識して遅く食べた。一口一口ゆっくりと口に運び、ゆっくりと噛む。彼は努力して皆と同じペースで蕎麦を食べた。

食事を終えると、みなは他人が作った俳句の検討をする。会場で書いた洋紙を広げ、互いに見せ合う。

「ああ、これは金さんの句でしたか」

と水嶋研一。

「私も一票入れました」

「ありがとうございます。見てました。だけど、ビギナーズラックですよ」

金民基は照れる。しかし水嶋は、

「それも実力のうちですよ。ビギナーズラックを呼べない人もいますからね」

金民基は素直に頷く。そして、

「ありがとうございます」

と、礼をいった。その後各人の作品の検討をする。あっという間に午後二時になる。店主が来て、

「すみません。夕方の五時まで閉店になるものでして」

と退店を促す。全員は店を出た。そして、

「いい作品をつくりましょう」

「次は小室さんのところで句会ですよ」

「写メ俳句送りますからね」

などといい合って別れる。

金民基はリュックを背負って図書館の本館に向かう。頭を切り替える。俳句は遊び、歴史の勉強はライフワークのようなものである。まとめたり、研究の成果を発表したりなどとは全く考えてないが、生きている間は、ひとつでも多くのことを知りたいと思う。

このごろは日本の古代史を何冊か読み進めている。それで日本でも古代は権力争いが凄まじかったことを思い出した。

李朝《りちょう》時代の王朝ドラマを見て、最初の頃は、エゴと欲にまみれた人々を、卑下すべき輩で

あり、これだからチョウセン人は馬鹿にされるのだ、と思っていた。しかし日本の歴史を見返してみて、古代の王朝時代には天皇の権力争いがあり、藤原時代には外戚になるための泥仕合があり、その後も清盛の時代、頼朝の時代、そして北条政子の時代と、権力を得るために肉親まで殺すということをしてきた。日本人も自分のエゴと欲のために七転八倒していたのだったと再確認した。かつて読んだローマの歴史やヨーロッパの王朝史もまた似たようなものである。

朝鮮王朝のテレビドラマを見て拒絶反応を起こしたのは、自分自身でチョウセン人はダメだと思う先入観があったからに違いないと思うようになった。人はみな大して違わないのだ。違うのはその者が置かれた環境だけである。環境によって人の行動に差が出る。日本は海に囲まれているから、異民族と戦うことを考えなくてよい。しかし朝鮮は常に、異民族にどう対処するかを考えていなければならない。

日本は殿様のいうことは絶対である。下の者はそのまま聞くか、下克上をするかである。朝鮮では王が理不尽なことをいう場合は聞いたふりをするだけである。いよいよとなれば他国の勢力と結びついて最高権力者に圧力を掛けることもできる。李朝《りちょう》五百年で下克上をしたのは、燕山君《ヨンサングン》と光海君《クァンヘグン》の時だけである。このように環境が異なれば、反応も異なって現れる。下克上は今風にいえばクーデターだろう。

こうした反応の差が吉と出るか凶と出るかは、更に大きなその時代の世界環境による。日本人の反応パターンは、幕末では吉と出た。明治維新の基本形は下克上である。朝鮮では凶と出た。パワーゲームのバランスを取りきれずに、国を失ってしまった。そこには倭人が自分たちより優れているはずがない、という思い込みや、傲慢さがあった。

現代のようなアメリカ中心の変化の激しい時代になって来ると、日本の反応の仕方が吉となるかどうかは疑わしい。日本は有史以来民主主義を経験したことがない。現代の日本の民主主義は占領軍が与えたもので、運用は全員一致を基本とした日本式である。それは本来の民主主義とは似て非なるものだ。しかし朝鮮は李朝の時代から、既に民主主義的であった。現代でも学生が李承晩《イスンマン》政権を倒したように、民主主義が根付いている。

日本では頼りにならない内閣総理大臣が日替わり定食のように変わる。韓国では経済活動のために大統領がトップセールスをする。環境が変わったとき、それまでの長所は簡単に短所になる。日本はこれからは分からない、と思う。韓国がこれからは日本を凌駕する時代に入るのかもしれないと思う。

そんなことを考えている内に図書館のある公園についた。後ろから声を掛けられた。

「金さん」

と呼ばれて振り返ると、山本由恵がいた。

「何をそんなに真剣に考えながら歩いているんですか?」

「ああ、山本さん。皆さんと一緒じゃなかったんですか?」

そうすると彼女は不思議な笑みを浮かべて、

「水嶋さんと菊池さんはデートですからね。邪魔をしては悪いですわ」

嫉妬の青い炎《ほむら》が、彼女の目の淵に見えた。この三人は三角関係なのかもしれない、と彼は感じた。好いた、惚れたという感情は、彼にとっては面倒なものでしかなかった。それで彼は、

「じゃあ、私は失礼します」

と図書館への小道を指さす。

「何か研究なさってるんですか？」

と山本由恵は彼を行かせない。

「いいえ、趣味です。歴史が好きで、歴史の本や、歴史関係の小説なんかを読んでます」

「面白いですか？」

「ええ、それなりに」

彼女は性描写が得意なある作家の名前を上げた。そしてそういう作家の作品は好きかどうかを聞いた。

「いいえ、興味がありません」

「どうしてですか？　性は、人間の基本ではないんですか？」

そして彼女はつけ加える。

「もっともこれは、その作家の意見ですけれど」

彼は山本由恵に向いた。そしていう。

「自分はどうも、若い頃から傍観者として世の中を眺めているだけだったもので、そういうことには疎いですね」

彼女は期待はずれの表情を浮かべた。当然、性に関心があるという返事を期待していたのかも知れなかった。彼女はいう。

「それは在日ということと、関係があるんですか?」

「そうですね。自分が若いころは、就職差別で全く勤め先がなかったというのはありますが、しかしそれは、私と同世代の人間は全員そうだったわけですから、私だけが人生を放り出して傍観者の人生を送るようになった理由にはならないでしょうね。自分自身の性格だと思いますよ。たぶん」

「なるほど」

「中には性に重きを置いている人もいると思いますけど、そういう人はおそらく人間に興味があるんだと思います。私は目の前の人間よりも、歴史や民俗学や社会学の方に興味があるもんで」

少し間があく。

「そうですか」

と山本由恵は頷いた。自分とは全く違う世界にいると分かったようだった。そして、

「金さんが勉強するのを邪魔してしまったようです」

という。金民基は会釈した。

「それじゃあ、失礼します」

と彼は図書館への道を歩き始めた。いい歳をして性がどうのと、のんきな人だ、と思う。あるいは幸せなのかもしれない。悩みがないのは幸せなことだ、と考えた。何歩か歩いて、しかし、と彼は考え直す。いいや、悩みがあるからこそ生きているといえるのではないだろうか？自分もチョウセン人でなければ、ここまで歴史や文化について勉強してないだろう。色んなことを考えなかったに違いない。試練とは、逃げれば苦痛だが、立ち向かえば鍛錬になる。自分を強くしてくれる。無風地帯で性のこと以外に心配することがない人間よりは、遥かに楽しい人生であるに違いない、と彼は思った。

山本由恵は一日に二回写メ俳句を送ってきた。たまにいいものがあったが、多くは駄作であった。週に一、二度公園で会うと、俳句の話しをした。金民基は送ってもらった俳句で良いと思うものを褒めた。けなすことはできるだけしないようにした。

金民基は物心ついた頃から、父親にけなされ続けてきた。文字を知らず、日本人に馬鹿にされていると思い込んでいた父親は、精神のバランスを取るために、自分の妻や子供たちを馬鹿にすることでプライドを保っていた。馬鹿にされた者は、自分より弱いものを馬鹿にして精神のバランスを保つ。それで金民基も若いころは自分の妻を馬鹿にして己の精神の均衡をとっていた。金民基は父親から逃げられなかったが、彼の妻は我慢をしなかった。彼女は子供を連れて彼の下を離れた。

彼が、自分のそういう歪んだ精神が離婚を招いたと気がついたのは、五十歳になる頃だった。日本人が父親を馬鹿にし、父親は金民基を馬鹿にし、そして金民基は妻を馬鹿にしてきた。元は日本人のいわれのない差別だが、そうして始まった差別は、負の拡大再生産をしていた。自分で自分を差別するというのは、間違っているし、情けないことだと彼は考えた。それでそれからは意識して、他者には褒める言葉しかいわないようにしてきた。褒めれば人はやる気を出す。馬鹿にされ、けなされ続けてきた人間は、自分のように生きる気力まで失う。自分に接した人間がそうならないようにしなければならない、と思う。日本が始めた理不尽な差別の輪を断ち切るのは、差別される側の人格の問題である。この輪を断ち切ることが、日本に勝つことだと、彼は自分にいい聞かせていた。それで俳句についても、できるだけ褒めるようなことばかりをいった。山本由恵は喜んだ。

十二月になった。地区の句会があり、次の週に地区幹事の巡回指導が小室の家で行われた。十人ほどが参加した。地区会幹事の佐藤亮一はいつも松子夫人と一緒で、夫妻はどちらも七十代前半の年齢だった。句会が始まると佐藤亮一は瞳が分からなくなるぐらいの部厚い老眼鏡をかけた。金民基は先月に引き続き今月も佐藤亮一にかなり手ひどく批評された。簡単にいうと、俳句以前の水準というもののようであった。それは自分でも分かっていることだから大して腹は立たない。もう少しまともに俳句を詠めるようになりたいものだと思っただけだった。

句会が終わり、色黒の水嶋が、

「金さん、コーヒーでも飲んで行きませんか?」

という。時計をみると、夕方の四時であった。水嶋とは、俳句を通じて今までに何度も言葉を交わしていたので、だいぶ打ち解けたものを感じるようになっていた。それで、

「はい。参りましょうか」

と誘いに応じた。二人は水嶋の運転するレクサスに乗って、駅前の昔風の喫茶店に入った。コーヒーを注文してから、水嶋がいう。

「ここは焙煎を少量ずつするから、コーヒーが美味いんですよ」

「そうですか?」

「私は商社に勤めていたとき、一時期コーヒーと関わりましてね。その時色々と勉強しました」

金民基は頷く。水嶋は続ける。

「コーヒーは、豆の品種が一番重要なんですが、その次に重要なのが焙煎なんですよ。一番美味しいのは焙煎した直後に飲むことです。焙煎直後から酸化が始まりますから、飲む量だけ焙煎するのが一番いいんですよ。焙煎してしまうと、冷凍室に入れても何をしても、あとは味が落ちるだけなんです。そんな豆を買ってきて、自分でミルをしても、味は良くなりませんよ。自分で焙煎しないんだったら、ほんの少量だけ豆を買うか、あるいはいっそのこと昔の粉のインスタントコーヒーの方が美味しいですよ。金さんは、コーヒーはどうしてます?」

「あっ、私は今いわれたインスタントコーヒーです」

「それは賢明ですね。良い豆を少量買うのでなければ、そちらのほうがいいですよ。普通売られている量だと、美味しいのはせいぜい三回目ぐらいまでで、あとはまずいコーヒーを飲まなければなりませんからね」

なんと。貧乏でコーヒー豆を買う金がないだけなのに、自分はおいしいコーヒーを飲んでいたのか？　と思う。

「私はモカマタリの少量パックを買っています。それか、ここで飲むかです」

コーヒーがやってきた。良い香りがする。

「この香りが、焙煎から時間が経つと消えてしまうんですよ」

そういって水嶋はひとつ頷いた。それからカップを皿に戻して、

「金さんは離婚されてお一人だとか？」

「はい、一人です」

「離婚されて長いんですか？」

「そうですね。三十年ぐらいですかね」

「若い時に離婚されたんですね」

金民基は頷く。水嶋は続ける。

「恋人とかはいないんですか？」

「え？　いませんよ、そんなの」

「そうですか。寂しくないですか？」

「いやあ、もう慣れちゃいましたね」

「そうですか」

再び彼は香りの良いコーヒーに手を伸ばす。そして一口飲み、

「失礼ですが、性欲とかはどうされてるんですか？　風俗ですか？」

「え？」

と彼は一瞬戸惑った。何の話しだ？　と思う。水嶋は続ける。

「いえ、男たるもの幾つになってもやりたいものでしょう？　私は世界の三十カ国ぐらい行きましたが、イスラム圏を除いて総ての国の女とやりました」

ああ、そういう話しか、と思う。

「私はあまり性欲が強いほうじゃないもんで」

「でも、性欲がないわけじゃないでしょ？　まさか、男のほうが好きだとか、そんなことはないですよね」

「それはないです。だけど、色々と本を読んだり、考え事をしている内に、性欲を忘れてしまいます」

「本当ですか？　信じられないなあ。金さんみたいな人は初めてですよ。僕の昔の仲間なんか

は、いまだに風俗に行ってますよ。早朝は老人割引があるとかで、朝早くから行ってる奴もいるぐらいです。金さんは、体の方は大丈夫なんでしょう?」

「はい。朝立ちは今もあります」

「毎日ですか?」

「はい。毎日朝立ちしてます」

「それは立派だ。私は毎日は立たなくなった」

「毎日立ってますけど、それは膀胱に小便が溜まったことの反射として立っているだけで、性欲の結果立っているわけじゃないです。おしっこをしたらしぼみます。あとは何もありません」

「全然女を抱きたくなりませんか?」

「ないですねえ」

「なんだか修行僧みたいですね」

「別に我慢してそうなんじゃなくて、面倒なだけだから、そうなってしまいました」

「面倒ですか?」

「女とする、と考えただけで面倒です」

「そうですか」

金民基は妻を思い出した。彼女は自分が単に性欲処理をしていただけなので、彼の下を去ってしまった。

「私は三分間セックスがせいぜいでしたから、相手の人格を尊重してセックスをするというのは、頭では分かるんですが、なかなかできません。めんどうだと思ってしまいます」

「三分間セックスというと?」

「脱がす、入れる、出す、で三分間です。それ以上は持ちません」

「なんだか、飾り窓の娼婦を相手にしてるような話しですね」

「女房が相手でもそんなでしたから、逃げられてしまいました」

金民基はそういって苦笑した。水嶋は少し前かがみになって話す。彼は商社に入ってからゴルフを覚えた。すぐに好きになり真っ黒になるぐらいゴルフに打ち込んだ。退職してからは、近くのスポーツジムに通うようになった。ジムには愛好会がいくつか作られていた。中にゴルフの愛好会があったので、彼はそれに入った。そこに菊池遼子がいた。二人は直ぐに親しくなった。彼女の夫は、警視庁の鑑識課に勤めていた。激務続きだったが、現場が好きで、仕事に没頭していた。そして過労のせいか、定年前に亡くなった。彼女は夫とあまりセックスの経験がなく、水嶋に依って初めてその良さに目覚めた。彼女はそのことを俳句仲間で親しい山本由恵に、

「こんなにいいものだとは知らなかった」

と話した。それを聞いた山本由恵は、堂々と水嶋にいった。

「私もそれなりに経験をしているけれど、いつも男だけがいい思いをして、自分は楽しいと思

ったことが一度もありません。私の人生、あとは死ぬだけというのは、あまりにも悲しすぎます。水嶋さん、一度でいいから、私にも、性の喜びというものを教えて下さい」

それで水嶋は長いこと使われていなかった山本由恵の女を目覚めさせるのに情熱を傾けた。一週間ほどして、やっと彼女の秘部から愛液が流れるようになった。水嶋は得意げな顔でいう。

「女を感じさせているという優越感は、何ものにも代えがたいものですよ。私の腕の中で悶えている彼女を見て、こちらも燃えてきます」

金民基は軽く頷く。そんなものかもしれないと思う。また一方で俺なんかに自慢話しをしてどうするのだろう、とも思う。水嶋は顔を少しこわばらせて話す。

「ところが彼女は、快感を得るのに貪欲なタイプでした。求めることが徐々にエスカレートしてきます。その話しを聞かされるからでしょう。菊池さんの方も要求が激しくなってきたのです」

そして遂にバイアグラを使っても立たない日がやってきた。近頃はバイアグラを二つ飲んで、何とか自分を奮い立たせている。心臓がバクバクして、いつ死ぬか分からないという恐怖を感じると、やっている最中に柔らかくなったりする。そんなことは今までに経験したことがないことだった。そんなところへ、山本由恵が金さんの話しをするようになった。

「あなたが、どういった、こういった、ということをしきりにいうんですよ。どうも彼女はあなたを好きですね。今現在は、愛とか恋とかというんじゃなくて、人間性を好きだと思いますが、恋愛感情に発展するのは時間の問題だと思っています」

嫉妬はしないのか？　と金民基は考えた。しかし水嶋は冷静に分析をしてみせただけだった。それから彼は、本題に入る。山本由恵を引き受ける気はないか、というものだった。金民基は体が若い。まだまだ女性を喜ばせる能力はあるだろう。なにより山本由恵が金民基を気に入っている。自分はもう女性二人を相手にする能力がなくなってきた。何とか一人を引き受けてくれ、というのだった。そして、

「たまにはスワッピングなんかもして、四人で楽しめると思うんだけどね」

という。金民基は彼がいいたかったことを理解した。しかし彼は、

「私は韓国人ですしね」

という。すると水嶋は、

「人の好き嫌いは、民族とか人種とかは関係ないですよ」

という。

「私は世界中を飛び歩いて、あらゆる人種の人間とビジネスをしてきた人間です。国籍だ、人種だ、などといっていたらビジネスなんかできませんよ。この点は山本さんも菊池さんも同じで、差別的な偏見は持ってないですよ」

「なるほど」

と金民基は頷く。そして続ける。

「評価していただいたのはありがたいんですが、先程もいいましたように自分はセックスには自信がありません。三十年も自分のものを使ったことがありませんし、もう錆びついてます。今さらまともに使えるのかどうかも分かりませんし、適任じゃないと思います。他の人を探されたほうがいいと思います」

水嶋は腕を組んでため息をついた。そして、

「断りますか？」

と真剣な顔で金民基を見た。

「はい。自分に、女性を喜ばせるセックスが出来るとは思えないですから。あとで恥をかくぐらいなら、初めからしないほうがいいと思います」

「男なら断らない話しだと思ったんだけどなあ」

と彼は冷めたコーヒーを飲み干した。そしてもう一度いう。

「断りますか？」

金民基は頷いてから、

「他の人を探した方がいいと思います」

「誰でもいいというわけには行きませんよ」

と水嶋。

「肌を接するというのは、心を接するということですからね。先《ま》ず心が通っている相手でない

とダメですよ」

そういうものなのか？　と金民基は思う。自分には、とてもそういうセックスは無理だな、と感じた。それで、

「すみません」

といいながら頭を下げる。

「若い頃からそんな感じだったんですか？」

と水嶋は聞いた。

「そうですね。二十歳《はたち》の頃には、生きないと決めてましたので」

「生きない？　それはどういうことですか？」

「僕らが若い頃は就職差別がありましたから、韓国人にはまともな就職先なんかありませんでした。それで死のうかと思ったんですが、死ぬのはシャクですしね。かといってまともに金を稼ぐ道は塞がれてるしで、仕方がないから生きるのヤーメタ、とそんなところです」

金民基は努めて明るく話した。水嶋は笑わずに聞いてくる。

「生きるのをやめるというのが、いまいち具体的にイメージできないんですが？」

「まあ、成るように成るさ、という生き方です。働く所がなければ、お金が入らなくて、飯が食えなくて、飢え死にする、ということです。幸い今まで何とか働く場所があったので、食いつないでこれましたけど」

「飢え死にですか？」

「ええ。そうなったら仕方が無いと思ってました。だけど食うだけなら、なんとかなるもんですね。一流といわれるところには就職できませんでしたが、何とか死なずにやって来れました」

「すごい覚悟ですね。それを二十歳の時にしたんですか？」

「はい。生きないと決めて、生きてきました」

「色々と考えの深い人だろうとは思っていましたが、それはまた凄いなあ」

金民基は笑顔を浮かべる。

「そんな、大それたもんじゃ無いですよ。単にいじけて生きてきただけです」

負け犬ですよ、という言葉は飲み込んだ。そこまで自分をさらけ出す必要はないだろうと思った。

「ふむ、まあ、それはそうと、私は本音の話しをしました。その話しを断るのなら、金さんも私が寿命を縮めなくて済むように協力してくださいよ。朝鮮人参は、あれは精力に効くんですか？　他にも韓国伝統の精力剤だとか、長生きの秘訣だとか、何か、ご存知ないですか？」

「そこら辺の話しになると、私には分かりません。そんなことより、二人の女性の内の一人と別れるか、あるいは二人とも別れてしまうか、された方がいいように思いますが？」

「いやあ、それはできませんよ。二人とも私が女にしたんですからね」

「今何かを捨てる決心をしないと、自分の命を捨てる結果になるような気がしますが？」

「そうかもしれない。だけど、男ですからね。女とやっている最中に死ねれば本望、という部分もあるんですよ」

「そうですか」

と金民基は引き下がった。


水嶋が死んだとの知らせを受けたのは、二月に入った寒い日のことだった。小室の妻から知らせがあり、彼は通夜に出向いた。水嶋の家は五十坪ぐらいの広い家だった。畳の部屋に棺桶が置かれていた。山本由恵が蒼白の顔で棺桶から少し離れたところに座っていた。棺桶の直ぐ横は、正妻の座る場所である。水嶋の妻が喪服を着て端座《たんざ》していた。山本由恵の隣には菊池遼子が座っている。彼女もまた青ざめていた。

水嶋の妻は、

「山本さんのところで急に気分が悪くなり、救急車で病院に運んだんですが、手遅れでした」

といった。脳溢血だった。彼女は夫が二人の女性のところでセックスを楽しんでいたことなど遠の昔に知っていたといった感じだった。金民基は水嶋が、

「山本さんは激しくて」

といっていたのを思い出した。喪服姿の山本由恵の姿から、貪欲なセックスをする様子を想像することは難しかった。人間ってのは哀しいものだなあ、と金民基は思った。

夜中の十二時頃まで末席に控えていて、金民基は自宅に戻った。知らぬ仲でもなし、火葬場まで行かねばなるまいと思った。人は最後は骨になる。土から出て土に戻るだけだ。その間を人生と呼ぶ。どう生きようと死んでしまえばそれぞれに一生である。これで死ぬなら已むを得ないという人生を、人は歩むしかないだろう、と思う。

棺は焼却炉に入った。山本由恵は待合室に出てからふらついた。そのまま長椅子の端にもたれかかる。それを菊池遼子が介抱する。同じ一人の男を愛した女同士である。そんな秘密を知っているからか、金民基には二人の姿が哀れに見えた。肌を接するのは、心を接することだと、いつか水嶋がいっていたのを思い出す。おそらく二人の女性もそうだろう。だから単に快感を与えてくれる者がいなくなった、というだけでは割り切れないものが、二人の女性の心には残っているに違いなかった。愛する者は失う悲しみに出会う。己すら愛してない自分は、喜怒哀楽からは遠い場所にいると思った。それは悟っているからではない。生きてないから感情に鈍感なだけだった。

自分を愛し、生きていながらにして喜怒哀楽を超越できるならば、それはどんなにか素晴らしいことだろうと思った。自分は単に、人生に背を向けているだけの存在でしかなかった。

火葬場の、煙が出ていなかった高い煙突からぽっと白い煙が湧き立つ。それから細い煙が冬晴れの青い空に昇っていく。金民基は天に昇る煙を眺めながら、母親の胎内からこの世に出て、火葬場で燃やされるまでが、人生というわけだ、と考える。母の笑顔を思い出す。申し訳ない気持ちになる。

　自分の人生はどうだっただろう？　自分は生きただろうか？　いや、自分は生きないという生き方を選択したのだ。なぜそんな人生を選択したのか、長い間自分でも理解できなかった。しかしこのごろはおぼろげに感じることができる。自分は日本に対して「ノー」といい続けてきたのだ、と思う。自分は日本に無視され、存在そのものを否定されていると感じていた。日本はチョウセン人には日本の地で生きることを許さなかった。彼は中学生の頃からいい成績を取るのが虚しかった。そんなものは何の役にも立たないということを知っていたからだ。そして大学では、碌《ろく》に勉強をしていない麻雀仲間やゼミのクラスの日本人が、次々といい会社に就職していくのを横で見ていることしかできなかった。立身出世という儒教的な価値観を、彼も父親から受け継いでいた。だからまともな職業につけない自分を自分自身で卑下してきた。それは自分で自分を差別する行為であった。そんなことにやっと気がつく歳になってきた。自分は日本人よりも先に自分を差別していたと思うのだった。若い頃はそんなことを知らず、日本ばかりを恨んでいた。

　しかしよくよく自分の心を覗いてみると、無意識では知っていたのではないかと感じた。だからこそ自分は意地を張ることにしたのだ、と思う。なぜわざわざ日本が忌み嫌うチョウセン人であることを前面に出して生きてきたのか、自分でもよく分からなかった。益になることは何もなかった。チョウセン人をやってきてよかったと思ったことも何一つなかった。嫌な思い出ばかりだ。

しかし自分は直感で分かっていた。日本がチョウセン人を嫌うから、チョウセン人でないふりをすることは、負けることになると。そして負けることは自分が自分を差別することを受け入れることにつながるのだと。日本が成績や実力で評価をしてくれない限り、日本を相手にして、こちらが勝ちを収めることは不可能だった。残された選択肢は、負けて日本人のふりをし、楽に生きていく道を選ぶか、負けを拒否し、どん底の生活をするかのどちらかだった。

生きない、と自分の心に誓ったとき、自分は、負けない、という人生を選択したのだと、今にして思う。自分は、死ななければならない状況になったら、いつでも死んでやろうと心を決めて、本名を使い続けてきた。韓国のかの字も知らないのに、本名を使って生きてきた。自分を韓民族だと思ったからではない。日本に負けたくないからチョウセン人で在り続けてきたのだ。日本がチョウセン人などこの世に存在しない、という社会を作ったから、自分一人で、日本と戦ってきたのだった。自分はそんな生き方をしてきたのだと、改めて自分でそう感じた。そして思う。他人に誇るほどのものではないが、まあそれなりの人生で、そこそこに面白かった、と。

彼は火葬場の待合室で考える。水嶋さんは女に快感を与えることを生きがいとして、遂には山本さんとのセックスの最中に死んでしまったのだが、あの人はそれで幸せだったのだろうか？　と。快感なんて一瞬のものなのに、そんなものに人生をかけてきたとは、金民基の価値観からは考えられないことだった。

　骨揚げをする。水嶋の骨を拾う。死ねばそれまでだ、と思う。彼は火葬場の建物を出、寒風に吹かれながら、マイクロバスに乗った。そして、何に人生の価値を置こうと、他人に迷惑をかけない限りは、人それぞれだ、と思う。水嶋さんは色に価値を置き、色事の最中に死んだ。あれはあれで幸せだったのだろう、と思う。自分は生きないことに価値を置き、日本社会の片隅で朽ちることを選んだ。あとは死ぬ日を待つだけだ。彼はそう自分にいい聞かせた。

7

夕方から降り始めた雪が、次第に粉雪になってきた。今日は冷えそうだ、と思いながら彼はいつものとおり十時頃に床についた。

ピンポンの音で目が覚めた。杏子《きょうこ》だろうか？　と思う。彼女からはあれから一度電話があった。自分は元気に塾に通い、母親も結局は離婚をして、おばあちゃんのところにやってきたということだった。それだのに、また何かトラブルでも起こしたのか？　と心配しながら布団から出た。寒い。電気をつけてパジャマの上にダウンのジャンパーを着る。時計は十時半である。寝ついたばかりだ。ドアを開けると、若い警官が立っていた。冷気がどっと室内に流れ込んでくる。警官と見ると身構えてしまう。彼らの着ている制服を、日本そのものと受け止めてしまうからだった。

「金民基《キムミンギ》さんですか？」

「ええ、そうですが」

「あなたの娘さんを保護しています」

「娘というと？」

警官は手帳を開く。

「磯村正子《まさこ》さん」

そして目を上げ、

「あなたの娘だといっています。いま埼玉県の○○警察署にいます。あなたが身元引受人になってくれることを希望していますが、どうされますか？　拒否されるのであれば、この場で本署にその旨を伝えて終わりにしますが？」

「あ、いえ、ちょっと待って下さい。確かに、正子という娘はいますが、磯村という名前を聞くのは初めてです。○○警察署に電話をして、本人に確かめてみてもいいですか？」

「ええ。そうして下さい」

彼は警官に電話番号を聞いて、杏子が置いていった携帯電話から警察署に電話をかける。警官が携帯電話を彼から受け取って、先に警察署の人間と話した。そして、

「どうぞ」

と携帯電話を戻してくる。

「もしもし？」

「あ、もしもし、お父さん？」

と疲れた女の声が返ってくる。

「正子か？」

「はい、正子です」

「あの、中学の時に一度会いに来た、正子か？」

「はい、正子です」

「大丈夫なのか？」

「はい」

「よし分かった。すぐに行く」

彼は警官を見ていう。

「直ぐに〇〇警察署に同行します。ちょっと待って下さい。すぐに着替えますんで」

急いで部屋に戻ろうとする彼に、警官が声をかけた。

「ちょっと待って下さい。本官はお宅がここにいるか確認に来ただけですから。埼玉の警察には、金さん一人で行って下さい」

「え？」

自分を迎えに来たのではないのか？　と訝しく感じる。

「埼玉県警がお宅と連絡をとろうとしたのですが、お宅の電話が使われてないということで、こちらの県警に連絡が入り、それで本管が確認に来たというわけです」

「そうですか。分かりました。それでは、自分一人でそちらに伺います。しかし、娘はどうして警察にいるんでしょうか？」

まさか強制送還などという、前近代的な問題にはならないだろうな、と最悪の事態を想定してしまう。金民基の年代の者にとって、警察とはそういうところなのだ。警察沙汰になれば強制送還される。だからただひたすら頭を低くして、息もひそめ、警察に捕まらないようにして生きて行かなければならない。強制送還されたら、そこは言葉も知らず、知っている者もいない土地だ。上陸すると同時に飢え死にするしかない墓場のような場所だ。そうなることを分かっていて、チョウセン人を強制送還する非人間的な所が警察だ、と彼は思い込んでいた。

若い警官は少し首を傾げていった。

「家庭内暴力のようですね。旦那さんにひどく殴られて、警察に保護を求めてきたらしいです。詳しくは本官も知りません。保護した警察署で確認して下さい」

「分かりました」

金民基は部屋に戻ると、慌ててダウンのジャンパーを脱いで着替えをする。先にズボンを穿き、靴下を履いた。気が動転していると思う。いつもと着替える順序が逆だ。しかし彼はそのままシャツを着て、セーターを着る。服を着替えるあいだ中、彼は考えている。

あの子が警察にいる？　そして私に連絡をとってきた。母親では役に立たないのだろう。余程のことに違いない。埼玉ならば、この時間だ。戻る時間には電車は動いてない。レンタカーを借りていった方がいいだろう、と判断する。

正子は三歳の頃に母親と共に彼の下を離れた。中学生の頃、一度彼を訪ねてきたことがある。何を話したのかあまり覚えてない。

「元気でやってるか？」

とか、

「大きくなったな」

とか、そんな程度の会話しかしなかったように思う。

娘の正子と、妻の朴英子《パクヨンジャ》には悪いことをしたと思っている。生きないと決めた以上は、結婚などしてはいけなかったのだ。自分の父親の「親孝行をしないつもりか」「早く結婚をして親孝行をしろ」という言葉に腹を立てて、投げやりな気持ちで結婚してしまった。一方では女を抱きたいという欲求があった。結婚すれば毎日只《ただ》で出来ると思っていた。相手は誰でも良かった。女でありさえすれば良かった。相手に人格など求めていなかった。ただ、親が結婚しろとうるさいから、結婚してやるだけのことだった。そう彼は自分に弁解していた。だから最初の見合いで結婚をした。

朴英子の容姿は十人並みだった。性格も自分がチョウセン人であることを隠そうとする、ごく普通の在日の女性だった。民族性についての特別な考えもなく、ただ自分たちを拒否する日本の中で何とか生き延びようとしていた。

「本名なんか使ったら差別されるだけじゃないの?」

と、妻は日本名を使うように、彼に懇願した。

「差別してもらうために本名を使うんだ。そんなことも分からないのか」

金民基はそういって彼女を馬鹿にする。

「よくもその程度の考えで生きていられるものだ。単にメシ食って生きているだけなら、犬でも猫でもすることだ。俺たちは人間だ。人間なんだと日本人に分からせなければならない。そのための韓国名、本名だ。日本の厚顔無恥な歴史を告発するには、俺たちが本名で生活して、どうして我々がここにいるのかを日々明らかにしていかなければならないんだ」

「そんなことをして何になるんですか？　子供がチョウセン人だと、いじめられるだけじゃないですか？」

「いじめられるのは、隠しても隠さなくても同じ事だ。弱い奴らは、自分よりも更に弱い奴を見つけ出していじめる。少しは勉強しろよ」

と、彼は妻をなじった。

「だったら帰化してしまえばいいじゃないですか？　そうすればチョウセン人だと、いじめられることもなくなるでしょ？」

「お前にはプライドがないのか？」

「言葉も歴史も、なんにも知らなくて何が本名ですか。韓国のことを何も知らなくて、どうやってプライドを持てというんですか！」

「お前は、本当にばかだな」

と彼は心の底からそういった。そして蔑みと哀れみの目で妻を見た。

「誰が民族を守るために帰化しないといった！？　俺は人間性を守るために帰化しないんだ。

チョウセンだといわれるから帰化をする。にんにく臭いといわれるから、キムチを食べないようにする。発音がおかしいとからかわれるからと、自分の父や母を軽蔑する。これがプライドのある人間のやることとか!? どうしていじめられている俺たちの方が悪いと考えるんだ!? 朝鮮人のプライドなんかなくったっていい。しかし人間としてのプライドまで捨てるんじゃない」

「私は静かに暮らしたいんです!」

「人は負けると分かっていても戦わなければならない局面がある。俺だって日本に勝てるとは思ってないさ。しかしそれでも、俺たちも人間だと、いわずにはいられない。実力で評価せよ。同じ土俵で戦わせろと、いわなければならないんだ」

「あなたの自己満足のために自分の家族を犠牲にするなんて馬鹿げてます」

毎日のようにいい争い、そして寝床では、脱がす、入れる、出す、という即物的なセックスを繰り返していた。やがて彼女は、

「あなたは私を人間だと思ってない」

といって、彼を拒否するようになった。できなきゃしないまでさ、と彼は寝床を別にするようになった。性欲はあったが、そのはけ口を他に求めるほど強くはなかったし、妻を無理やり抑えつけてまでしようという気持ちもなかった。「人生は死ぬまでのことだ」「死ぬ日が来るのを、待っているだけのことだ」と彼は日々を無感動に生きていた。だから妻の腹が膨らんできたのには慌てた。

「おまえ、できたのか?」

と聞くと、

「ええ」

と頷く。

子供は自分と同じ在日である。生まれれば、その日から日本に拒否され続ける人生を送らなければならない。自分が経験したのと同じ嫌な思いをする人間を、この世に送り出してしまう。妻の心配が現実のものとして迫ってくる。子供が「チョウセン」といじめられる光景が目に浮かぶ。自分が嫌だと思う経験を他の者にもさせてしまう。ああ、自分は何ということをしてしまったのだと、心の底から後悔した。そして「女なんか抱くんじゃなかった」と、性欲に負けた己を恨んだ。

「生むのか?」

と聞いてみた。

「産みます」

という。

「俺たちと同じ、嫌な一生を送らせることになるぞ。それでも生むのか?」

「産みます」

「学校でいい成績を取っても、いい大学を出ても、日本人のような人生は送れない。日本の社会に飼い殺しにされる人生しかないんだぞ？　それでも生むのか？」

「私が産んで私が育てます。ほっといて下さい」

女の子が産まれた。子供は可愛かった。彼にも慣れて抱きついてくる。言葉を話すようになり、

「パパ大好き」

といわれると、慌てた。彼は人間は誰も自分と同じで、父親が大嫌いだと思い込んでいた。父親はこの世に自分を送り出した悪の張本人である。息子に向かって「チョウセン人みたいなことをするんじゃない！」と怒鳴りつけるような、プライドも見識も何もない、どうしようもない人間であった。彼は父親が大嫌いだった。毎朝父親と顔を合わすたびに「チェッ、まだ生きてやがるのか」と心の中で悪態をついていた。

だから自分の子供が、父親である自分を好きだといったのには、心の底から驚いた。俺は父親だぞ。好かれるはずがないじゃないか、と思った。どうして父親を好きになるのだ？　父親なんてのは、この世にいないほうがいい生き物だぞ。彼はそう思っていたから娘の反応を理解できなかった。やがて彼は、どうやら本当に自分を好きらしい娘を、おずおずと抱き上げてみた。そんなぎこちない抱き方をしている彼を見て、妻はいった。

「あなた、自分の子供が可愛くないの？」

彼は直ぐに返事ができなかった。可愛いよりも前に、自分と同じ嫌な人生を歩ませなければ

ならないという罪の意識のほうが大きい。自分はとんでもない罪悪を犯してしまったと悔いる日々だった。

「無理して抱かないで」

と妻は子供を取り上げた。そしてその日の内に荷物をまとめて実家に帰ってしまった。程なく離婚届が送られてきた。他人から拒否される人生のほうが馴染みが深い。これが本来の自分の姿だと、妻から拒否された自分に安心する。彼は判を押して、それを送り返した。以来、妻とは会っていない。

中学生のとき娘が訪ねてきた。新しい父親とうまくいってないようだった。彼は何をいえばいいのか分からなかった。

「元気でやってるか」

「大きくなったな」

といった言葉をかけたぐらいで、そのまま別れた。彼にできることは、娘のために貯金をするぐらいのことだった。貯金通帳を別にして、何とか五百万円を貯めた。それが彼の娘に対するわびの気持ちだった。日本なんかで生んですまない、という思いだった。

その娘が今二十年ぶりに連絡がとれた。しかし警察経由である。しかも家庭内暴力にさらされているようだ。一体何があったのだろう。自分の罪深さを悔いるばかりである。生きないと決めたら女を抱くべきではなかったのだ。結婚してはいけなかったのだ。どれだけ父親の、親孝行を求める圧力が強くても、屈してはいけなかったのだ。

だが、時は過ぎた。自分は結婚したし、妻を抱いた。そして子供ができた。その子は今、警察にいる。なぜいるのかは分からない。しかし悔いよりも行動が必要なときであることは、分かる。

彼はダウンのジャンパーに腕を通しながら、運動靴をつっかけてドアを開けた。けやきの並木は雪が少なかった。周囲のアパートの庭には、雪が降り積もっていた。雪の反射で闇が明るい。駅に着くと、タクシー待ちのサラリーマンが、長蛇の列を作っている。駅の近くにあるレンタカー屋に入った。あいにく、二トントラックしか空きがなかった。彼はそれを借り、埼玉に向かう。雪がフロントガラスに降り掛かってくるので走りにくかった。逸《はや》る心を抑え、彼はスリップしないように注意しながら高速道路に入って行った。

警察署に着くと一階の電気は半分消されていた。カウンターの向こうに制服姿の警官が一人座っていて、書類の整理をしているようだった。奥のほうには刑事らしき私服の人間が二人いて、何やら話していた。

金民基には、警察はチョウセン人を取り締まるという名目でいじめる、最前線だという先入観がある。だから、彼らが自分の娘を保護してくれているということが素直に信じられない。それでいつものように身構えた心持ちで、緊張して若い警官にいった。

「磯村正子という者が、こちらに保護されていると聞いて参りました」

「ああ、あの人ね」

そして彼は左手にある階段を示す。

「二階に生活安全課というのがあります。そこにいますから、そちらに行って下さい」

古ぼけた階段を上がり、ドアをノックする。返事が無いのでゆっくりとドアを押す。若い女性と女の子が、雑然とした机の向こうの椅子に座ってこちらを向いていた。親子のようだ。母親は白いタオルで顔の左半分を抑えている。母親が右の目をこちらに向ける。そしておずおずと立ち上がる。

「お父さん」

女はそういう。金民基は近づいて、

「正子か？」

と聞く。彼女はタオルを下ろして頷いた。彼女の左目の周りは紫色に腫れている。唇の端も切れて血がにじんでいた。そんな顔の中に中学生の時の面影を探す。

「正子です」

彼女はそういって泣き顔になる。金民基は娘を抱いて肩をいくつか叩いた。そばの女の子は五、六歳といったところだろうか。熊のぬいぐるみを抱いて疲れた顔をしている。

「この子は？」

「私の子供です。明菜《あきな》といいます」

金民基は子供の目線までしゃがむ。子供はひどく緊張した視線をこちらに向ける。

「明菜ちゃんか？　おじいさんだよ。大変だったね。もう大丈夫だよ」

そこへ警察の制服を着た中年の女性が奥の部屋から現れた。

「お父さんですか？」

と金民基に声をかける。

「はい父親です。この度は色々とご迷惑をおかけしております」

白髪がだいぶ混じっている婦人警官はひとつ頷いて、彼にいった。

「お母さんの方は携帯の電源が入ってなかったのと、娘さんが正確な住所を知らなかったので、お父さんの方に連絡したんですが、迷惑ではありませんでしたか？　離婚して何十年も経っているということでしたが？」

「いいえ、とんでもない。むしろ感謝しています」

「そうですか？　どうされます？　娘さんの身柄を引き受けられますか？」

「はい。家に連れて帰ろうと思います」

そして彼は娘を見て、

「いいだろ？」

と聞く。娘は頷く。明菜は母親のスカートをしっかりと握っている。婦人警官は金民基に椅子を勧めた。彼が腰を下ろすと、彼女はファイルをめくりながら話しだす。

「お嬢さんの別れた夫がストーカー行為を繰り返していました。昨晩、家に上がりこんできて、お嬢さんに暴力を振るったので、お嬢さんは警察に逃げてきました。別れた夫は逃げてしまいましたが、お嬢さんは、告訴はしないとのことなので、そのままにしています」

「そうですか」

警察は民事不介入の立場でいると、金民基は理解した。婦人警官が書類を示す。

「身元引受の書類です。こちらに住所と名前と、本人との関係をお願いします。それから身分証明書を何かお持ちですか？」

「外登証と免許証があります」

「そうですか。では両方見せて下さい」

彼は財布からカードを取り出した。日本の警官は外登証を、彼が学生の頃までは、常に免許証と共に、必ず提示するように求めていた。外登証は常時携帯が義務であり、万が一携帯していない場合は、法律上は、強制送還できるようになっていた。日本という国家は単に身分証明書を忘れただけで、強制送還できる法律を作り、チョウセン人を統制していた。それがいつの頃からか、免許証を出しても、外登証を見せろとはいわなくなっていた。ちょうどその頃から中国人が増えてきていた。それまで外国人といえばチョウセン人のことしか意味してなかったのが、本来の意味通り、日本人以外のことを意味するようになった。チョウセン人以外の外国人が増えたことを契機として、日本は法の運用方法を変えたようだった。外登証の提示を求められなくなった金民基は、日本は変わったな、と思った。

彼が思うに、ビザを得て日本に入ってきた外国人に対して外登証の常時携帯を義務付けるのは一理あった。しかしチョウセン人は、日本人として日本にやってきた植民地の人間とその子孫たちであった。日本が朝鮮を併合したことにより、朝鮮は日本になった。その時から朝鮮人の国籍は日本である。この事実を無視してはならないと彼は思っている。日本人が日本にいるのは当然で、それをビザを得て日本に入国した者と同列に扱うのは無理がある。チョウセン人はパスポートも持たず、日本のビザも得ないで合法的に入国しているからである。しかし日本は、朝鮮が独立したから、強制送還する、という政策を取った。そのためにチョウセン人に国籍選択の機会を与えず、勝手に日本国籍を取り上げた。宗主国内の旧植民地人に国籍選択の機会を与えなかったのは、世界で唯一、日本だけである。

日本が韓国併合を合法だというのなら、在日コリアンから日本国籍を取り上げたのは、違法である。それを合法だというのなら、日韓併合は違法だったということになる。かつての日本は、国際法を無視してまでチョウセン人を強制送還しようと必死だった。それは、あまりにも、ご都合主義的な政策だった。結果から見て、そのようなご都合主義の政策を取ったということは、日本にとって当時のチョウセン人は人間ではなかった、ということになるだろう。自分たちと同じ人間だと思っていたら、そうは出来なかっただろうと彼は考えるのだった。

婦人警官がいう。

「コピーを取らしていただきたいんですが、いいですか？」

言葉は依頼だが、意味するところは強制である。

「ええ、どうぞ」

と金民基は答える。そして、

「はんこは持って来なかったんですが」

とコピー機に向かう婦人警官を見る。

「拇印でいいですよ」

「そうですか」

彼は親指に朱肉を付けて、名前の隣に押し付けた。子供の頃、外国人登録を初めてしたときに、十指の指紋を取られたことを思い出す。犯罪者でもないのに、犯罪者にされたと、ひどく腹が立ったと同時に、不安な思いに包まれた。何も悪いことをしてないのに、犯罪者の扱いを受けたことに、恐怖を感じた。当時すでに彼は日本の出入国管理の法令解説書を読んでいた。それで自分がどういう、とんでもない法律のもとで管理されているかを知っていた。このまま強制送還されたら、自分は飢え死にするしかないと、全身が凍りつくくらいの恐怖に包まれた。十五歳の時に受けた心の傷は未だに尾を引いている。

当時は十五歳になると、外国人登録をしなければならなかった。市役所に行くと、外国人登録課の隅に真ん中が高くなった机があり、そこで人に見られないようにして、係の男から指紋を取られた。チョウセン人は犯罪者と同じ扱いか、と心が挫けた。

現在の外登証には指紋が押されていない。何人かのチョウセン人が指紋押捺を拒否して、裁判にかけられたり、日本への再入国を拒否されたりした。そしてヨーロッパ人の神父までが拒否したので、日本は指紋をとらなくなった。チョウセン人が騒いでも知らぬ顔だったのに、白人が騒ぐと態度を改めた。

「その程度かよ。それだけ信念がないことをよくもやって来たな」

と彼は日本を冷笑した。彼にはそれぐらいのことしかできなかった。

彼が若いころは、就職差別は公然と行われていた。アパートを借りようにも、チョウセン人お断りが当たり前の時代だった。生活にあえぐチョウセン人が生活保護を申請すると、ダニのように扱われ、韓国から来た船員に物を売ると、密輸幇助《ほうじょ》だと、税関の官吏に怒鳴りつけられる。明らかな犯罪となれば新聞はこれみよがしに本名を載せる。日本はチョウセンを蛇蝎《だかつ》の如く嫌い、自分たちがかつて植民地にしたという事実を覆い隠そうとしていた。そんな中で金民基は次第に生きる力を失い、自殺の誘惑にかられた。彼が自殺しなかったのは、死ななければならない理由がどうしても見つからなかったからである。大学を出てもまともな職はなく、どうにも生きていく当てがないときに、彼は考えた。生きていられない理由はいくらでもあった。だが、死ななければならない理由はなかった。

彼が思うに、生きていられないのと、死ぬとは同義ではなかった。生きると死ぬとの間には、生きないという生き方と、死なないという生き方とがあった。

日本人には、生きる、生きない、死なない、死ぬという四つの選択肢があった。しかしチョウセン人には、そこから生きるという選択肢だけが抜け落ちていた。チョウセン人は、生きない、死なない、死ぬ、の内のどれかを選ぶしかなかった。死ぬという選択肢は程なく消えた。彼は死ななければならない積極的な理由を見つけることができなかったからだ。自分を生きていけなくしているのは日本であって、自分ではなかった。責任を取るべきは日本である。自分ではない。日本が、チョウセン人を排除せず、成績だけで人選をするのであれば、そして自分がそれに応募して落ちたのであれば、それは自分の責任である。しかしチョウセン人にはスタートラインに立つことすら許されてない。そんな状況で死ぬのは馬鹿げている。死ぬべきは日本である。自分ではない。彼はそう考えて自殺の淵からこの世に戻ってきた。

次いで考えるのは、死なずに生きるのか、生きないで生きるのか、であった。彼が思うに、死なずに生きるというのは、全く何もせずに、ひきこもり状態で生きるということであった。生きないで生きるというのは、来るは拒まずの世界であった。去る者は追わず、成るように成るさ、という生き方だった。成るように成らない時は、死ななければならない。生きないという生き方は、死ななければならなくなったら死ぬ、ということと同義であった。考えている内に、成るように「する」のは、生きるという生き方に属するものだと思った。

彼は自分の人生を高みの見物としゃれ込む生き方をすることにした。死ぬ時は死ぬさと、健康にも、栄養にも、何の努力もしないで、自分という意識がこの世を眺めている姿を、無感動に眺めてきた。

そしていま、自分は娘を引き取るために拇印を押している。まるで映画の中のワンシーンのようだと心のどこかで感じた。

「じゃあ、これで結構です」

と婦人警官はいった。金民基は、

「どうもご迷惑をおかけしました」

と、頭を下げた。そして濡れタオルを頬に当てている娘を見る。

「大丈夫か？」

「はい。大丈夫です」

そういって正子は立ち上がった。

「ママ」

と明菜が母親のスカートを引っ張る。抱っこをしてもらいたいようだ。

「おじいちゃんが抱っこをしよう」

明菜は緊張する。正子が娘にいった。

「大丈夫よ。おじいちゃんに抱っこしてもらって」

明菜は金民基に抱かれた。

「よしよし、いい子だ。おお、重いな」

一階に降り、

「ありがとうございました」

と、制服の警官に声をかける。私服の刑事は今はいない。駐車場に出ると、オレンジの照明が降る雪を照らし出していた。パトカーの屋根に雪が積もっている。金民基は明菜を抱いたまま足早に、駐車場のトラックに急ぐ。ドアを開けて、明菜を座らせる。それから雪の中に立つ正子を振り返る。

「すまんな。レンタカー屋にトラックしか残ってなかったんだ」

「うん」

正子はコクリと頷いた。オレンジの光の下で、顔の半分が黒ずんでいるのが痛々しい。よくもここまで人を痛めつけることができるものだと、腹が立つ。自分が生きていられなければ生きなければいいものを、生きようとするから、生きていられない自分に腹が立ち、腹が立つから身近の者を傷つけることになる。自分の父親もそうだった。日本人に差別された怒りを総て家族に向け、うさを晴らしていた。それは、生きようともがいている人間の姿だった。生きなければいいものを。そうすれば自分の妻も、三人の子供たちも、そして周りに住んでいる人々も、誰も傷付けないで済んだ。それが生きようともがいたものだから、妻を傷つけ、子供たちからは生きる気力を奪い、そして遂には誰からも愛されない自分に気がついて自ら命を断つ羽目になってしまった。愚かだ。あまりにも愚かだ。世の中には生きることと死ぬことしかないと思っているから、生きあぐねると逃げ場がない。生きていられなければ、生きなければいいのだ。そして生きられる者を生かすべきなのだ。人は永遠に生きることはできない。生きる可能性がある者に、己の命を預けるべきなのだ。しかし父親は朝鮮の儒教に毒され、親孝行が人間の生きる道だと思い込んでいた。そして子供たちに自分への親孝行を強制し、差別の激しい日本の社会で生きていく道を塞いだ。日本の地で親孝行できるぐらいに稼げるチョウセン人は滅多にいないということを無視して、稼ぎの総てを自分に捧げるように求めた。それは完全な搾取であり、いじめでしかなかった。あいつは碌《ろく》な奴じゃなかったと、金民基は軽く首を振った。

彼は正子を乗せてからドアを閉め、運転席に回った。エンジンを掛け、

「直ぐに温まるからね」

と明菜にいう。彼はジャンパーを脱いで、明菜にかける。

「眠くなったら寝ていいからね」

というと、明菜は初めてコクリと頷いて反応した。少し自分に慣れてくれたようだと、安心する。ヘッドライトを点ける。雪が斜めに振り落ちている。彼はワイパーを動かし、ゆるゆると車を発進させた。途中でコンビニに寄り、温かい缶コーヒーを正子のために買った。買ったのは一本だけである。自分のためには、彼は贅沢ができない人間だった。

「これ、飲みな」

と彼は正子に缶コーヒーを渡す。

「お父さんの分は?」

「いや、俺はいい」

「じゃあ、半分こしよう」

「うむ。まあ、飲みなさい」

自分は死んでいくだけの人間だ。値段の高い缶コーヒーなど飲まなくてもいい、と思う。正子は缶を開け、コーヒーを飲む。

「あったかい」

小さな声が漏れた。トラックを再び動かす。帰りは高速を使わない。現役時代の、できるだけ節約して走る癖が抜けない。速度も制限速度で走る。そうすれば安全だし、燃費効率もいい。雪の降る速度が増したようだ。道路がシャーベット状になり、路肩付近では雪が山になってきていた。これだけ降ると、案外高速道路は通行止めかもしれない、と考えた。

トラックのタイヤはノーマルタイヤだった。慌てていたのでチェーンは借りずに来てしまった。これ以上雪が降るようだと途中で休まなければならないだろう、と彼は心づもりをする。無理をして事故を起こすぐらいなら、レンタル料の超過料金を払ったほうがいいと、判断した。

「すごい雪」

と正子はフロントガラスを瞬時に白く染める雪を見てそういった。

「ああ。次にコンビニを見つけたら、休もうか」

と金民基は答える。

「そうね。無理しないほうがいいわ」

彼はラジオのスイッチを入れた。深夜放送が流れている。交通情報を求めてチャンネルを変えたが、どこも似たような番組だった。ラジオを聞き流しながら走る。コンビニはいくら走っても現れなかった。三十分ほど走ったが、前にも後ろにも車のヘッドライトは見えない。これ以上雪が積もると動けなくなる、と彼は焦る。車の速度は四十キロぐらいに落とした。それ以上の速度だとブレーキをかけたときに危険だと判断した。とろとろと走る。やっとコンビニの明かりが見えてくる。しかしそこに行くまでの路肩には、車が長蛇の列を作っていた。彼もまたその列の後尾につく。道の左側は闇である。怖らくは田んぼが続いているのだろうと思う。そこに真っ白な雪が吸い込まれていく。十台ほど前の車から、列をつくるというよりは、田んぼに車の頭を向けて停車していた。コンビニに並んでいるのではなく、停車しているだけという意思表示だと分かる。彼もまた、前の車と一メートルほどの距離を取り、田んぼに向けて車を止めた。これで雪に閉じ込められて死ぬことはないだろう、とほっとする。

「少し寝るといい。ここで朝まで待とう」

彼はラジオを消して、正子を見る。ベンチレーターを左に押して外気を入れないようにした。

寝ている間に雪が車の周りに積もると、一酸化炭素中毒になる危険が出る。その危険を少しでも減らすために彼はそうしたのだった。それから空気の流れを作るために、自分の側の窓をほんの少し緩めた。エンジンの音だけが響く。孫の明菜は母親の膝を枕にしてすでに眠りこけていた。

「明け方には雪も止むだろう」

「そうね」

と正子は頭を車のドア側の柱にもたせかけた。フロントガラスはまるで真っ黒なスクリーンのようで、そこに雪がひっきりなしに吸い込まれていく。意識が朦朧としてきて、雪と闇とが幻想的に混じり合い、白い闇が目の前に広がった。まるっきり自分が生きてきた人生そのままだと感じた。希望も、いや、喜怒哀楽の感情そのものがない、世界だった。彼は目を閉じた。ふと、

「お母さんは、二度男を変えたわ」

と正子の声がする。夢なのか現実なのか判然としない。彼はぼんやりとした目で正子の方を向く。空耳だっただろうかと思う。正子はドアに体をもたせかけている。顔は良く見えない。声だけが聞こえてきた。

「寂しかったんだと思うわ。私の目から見たらパッとしない男ばかりだったけれど、お母さんには優しい男に見えたみたいね。必要とされることが嬉しかったのよ。それは私も同じ。磯村

に会ったとき、頼りない男だったけれど、頼りにされると、放って置けなくなって、それで求められるままに、結婚してしまったの。誰かに求められることって、嬉しいことだから」

正子は黙った。それはつまり、自分が正子や母親の英子《えいこ》を必要としなかったことを暗に詰《なじ》っているようだった。眠りに落ちながら彼は、優しさもいろいろだ、と考える。多くの男は自分の弱さを隠すために女に優しくする。しかし極く稀に、本当に強くて優しい男がいる。女はこちらの男を求めるが、そういう男は滅多にいない。遠くで正子の声がする。

「今は、お母さん一人だわ」

英子の若い時の姿が浮かぶ。夢なのか思い出しているのか判然としない。自分と英子がいい争っている。彼女は日本人がチョウセン人を差別するのは当然のことだという前提でものをいっている。それが彼には気に入らない。

「プライドがないのか!?」

と彼は英子をなじる。

「飯を食うだけで満足するなら、犬や猫と同じじゃないか!」

そういっていながら、彼は寝床で英子の下着をとり、素早く入れ、素早く果てた。心の中でもう一人の自分が自分を罵る。

「お前がしてきたことも、犬や猫と変わりゃしない」

ふっと彼は我に返った。正子の話したことのどこまでが夢で、どこまでが現実なのか分から

ない。彼は、

「悪いことをしたと思っている」

といった。そして続ける。

「お前のおじいさんが、私に毎日、結婚して自分に親孝行をしろといいつのるものだから、つい腹立ちまぎれに結婚してしまった。結婚はそんな気持ちでしては、いけないものだった。お前にも済まないと思っている」

暫《しばら》く沈黙があった。それから正子は、

「済んだことは仕方が無いわ」

といった。今更父親を詰ったところでどうにもならないと諦めたようだった。

「お父さんは結婚したんだし、私は生まれたんだから」

うむ、と彼は頷く。

「お母さん、今は一人で寂しいと思うわ」

だからといって価値観がまるで違う英子と再び暮らしたいとは思わなかった。

「すまん」

ともう一度彼はいった。

「よほどお母さんのこと嫌いなのね。うまく扱えば可愛い女なのに」

うむ、と彼は黙ったまま頷いた。再び眠気に襲われる。自分が生きているならば、可愛いだけの女で充分だろう。しかし自分は生きていない。あらゆる希望を捨て、夢を持たず、明日に何の期待もしないで、ただ単に時間に乗って漂流しているだけの人生だった。生きないという選択は、意地の選択だ。国籍を日本にしてくださいと、こちらが頭を下げれば生きていける余地はあった。しかし自分はそれをしたくなかったのだ。原因を作ったのは日本なのに、どうしてこちらが頭を下げなければならないのか？　頭を下げなければならないのは日本の方なのに、どうして自分が頭を下げなければならないのか？　頭を下げれば負けだ、と思った。それは民族としての意地ではない。人間としての意地である。だから意地を張り通して、決して日本に頭を下げない道を選んだ。その結果、成績や実力で生きていく人生は目の前から消えた。日本がチョウセンを排除する政策を取っている限り、意地を張り通すチョウセン人には、生きる道はなかった。

生きない人生に必要な伴侶は同志的な女性である。共に戦い続けることができる女である。どちらかが死んでも、その屍を乗り越えて日本と戦い続けることができるような人でなければならない。男に頼り、世間並みに稼げない男をなじるような女は願い下げである。年に一千万も稼げる能力を持ちながら、年収三百万円に甘んじている男の意地を理解できないような女とは、共に暮らせないのである。彼はそう考えた。しかし口を開けない。眠いのと、心の底の自分が、本当にそう思っていたのなら、英子と結婚すべきではなかったと、己を叱っていたからだった。考えと行動が矛盾していた。その結果英子を傷つけ、正子につらい人生を押し付けてしまった。

親父が自分にしたことを、俺も英子や正子に対してしている。ああ、俺は碌な奴じゃない、と彼は眠りながら後悔していた。

気がつくと、東の空が明るんでいる。雪はやんでいた。田んぼは遠くの山まで一面の白い平原となっていた。路肩の車はどれも雪に埋もれている。道に出るには雪をかき分けなければならない。

彼はドアを開けて積もった雪の中に降り立った。寒さで目が冴える。車の後方に回ると彼は腰を落とし、雪を抱きかかえるようにして左右に押し分けた。トラックに戻り、ギアをバックにして道路に出ようとする。しかし後輪は空回りをして、なかなか進まない。もう一度降りて、後輪の下の雪を手でかき除ける。指が冷えて真っ赤になった。路面近くまで雪を取り除いたので、今度は何度かの空回りのあとでタイヤが路面を捕まえた。一気に道路まで出る。それからゆるゆると前進する。路肩では、何台かの車が道路に出ようとしてもがいていた。排気管から湯気がもうもうと立ち上っている。

トラックは雪が邪魔になって真っ直ぐに進まない。タイヤが小刻みにスリップし、ジグザグしながら進む。スピードは二十キロ程度しか出せなかった。

十時ごろになってトラックはアパートに着いた。彼は正子と明菜をアパートに入れ、コンビニに食料を買いに行った。戻ると正子が、

「お父さん、食べるもの何にも無いのね」

という。確かに冷蔵庫には大したものが入ってない。

「冷凍室にあるから、解凍して食べるといい。他にほら、食パンとかハムとか買ってきたよ」

正子は既に冷凍室を見たようだ。立ったままで、

「同じものを凍らせているだけじゃない。毎日同じものを食べてるの？」

「ああ。料理が嫌いだからね。できるだけ料理の回数を減らしている」

「それじゃ栄養が偏るわ」

「だけど、何とか生きてるよ」

正子は彼がテーブルに置いたコンビニの袋を受け取る。そして、ハムとレタスとスライスチーズを乗せてサンドイッチにする。彼はインスタントコーヒーを作り、カップを正子の近くのテーブルに置いた。自分のコーヒーは器が無いのでどんぶりで作った。続けて正子は手早く目玉焼きを作ると皿に乗せてサンドイッチの横に置いた。布団で寝ている明菜を揺すると、直ぐに目を覚ました。そしてテーブルについてサンドイッチを食べる。

正子はコーヒーを飲み、

「お父さん、わたし、当分ここに住んでもいいの？」

と聞く。

「もちろんさ。いつまでいてもいいよ」

「じゃあ、住民票をこっちに移すわ」

「住民票？　外登証じゃなくて？」

「ああ。お父さんには悪いけど、わたし、結婚してから帰化したの。今は日本人よ。それで名前も磯村。別れた夫の名前だけど、そうなっちゃった」

「そうか。まあ、それもいいだろう」

　と彼は頷く。未来永劫意地を張り続ける必要もない。日本から直接的な被害を受けたのは自分たちの世代までだ。九十年頃から日本はチョウセン人でも差別しなくなった。市営アパートにも入れてくれるし、年金もくれる。就職差別も表面的にはしなくなった。今では一部上場企業の中に、半分を外国人にしようとしているところもあるぐらいだ。チョウセン人でも、ある程度は実力で就職できるようになった。それに自分と同年代の人間の中にも、映画監督になったり、小説家になったり、日本に帰化をして上場会社の社長になったりしている者もいる。結局は自分に実力がなかっただけの話しだ、と思った。真実実力がある者は、どのような環境下でも生きていく。自分にはそこまでの能力がなかった。だから生きないという生き方を選択するしかなかった。自分にも能力があったなら、と悔やまれるが、こればかりはない物ねだりだ。人は他人の人生を生きることはできない。自分の人生しか生きられないのだ。そして自分は、意地を張り、生きないという生き方をすることしかできなかった。あとは死ぬだけだ。死ねば意地も消えてなくなる。それまでのことでしかない、と彼はどんぶりのコーヒーを飲んだ。

8

正子《まさこ》は腫れが引くまでの間、家の中の片付けや掃除をしていた。金民基《キムミンギ》の生活は大きく変わった。先《ま》ず、朝ごはんを皆と食べるようになった。それから図書館には行くが、昼過ぎには家に戻るようになった。着膨れした明菜《あきな》と連れ立って公園を散歩し、ブランコや砂場で遊ぶのを見守ってやる。

春になれば小学生だ。そうすると学童保育があるから、夕方六時まで見てもらえる。そこには同年代の子供たちがいるから、おじいちゃんと遊ぶよりは楽しいだろうと思う。それまでは明菜と遊んでいよう。自分が読書をする時間は減るが、何かの論文を仕上げようという考えがあるわけでもない。読み進められるところまで読んで、命が尽きたらこの世から消えるだけのことだと思う。明菜とは今しか遊べない。今まで祖父らしいことの何ひとつもしていない。次の世代のために生きるほうがいい、と考える。親父のように次の世代を痛めつけてはならない、と自分にいい聞かせる。

「お久しぶり」

と声がする。山本由恵《よしえ》の声である。首を回すと、頭に赤いマフラーを巻いた彼女がコートを着て立っていた。手には分厚い毛糸の手袋をしている。火葬場で別れて以来だな、と思う。三週間ぐらい経っている。彼は、

「ああ、お久しぶりです」

と一礼する。

「お孫さんですか？」

「はい。孫です」

「今日は寒いですけれど、気持ちのいい日ですね」

と天を見上げる。冬の凛とした青空が広がっていた。戸建ての住宅地の瓦屋根や太陽光発電のパネルがキラキラときらめいている。

「どうですか？　句作の方は？」

「ここ何日かはバタバタとしていて、全く俳句から離れていましたが、今日からは復帰しました」

そういって彼はリュックからノートを出してみせる。彼女は手袋を取ってノートを受けた。

法により
落ち葉たくのも
ままならず

ひだまりの

砂場に作る
夢の城

「なるほど」

と彼女は薄いピンクの口紅を塗った唇を動かす。

「まあ、いまいちって感じ」

「はい。自分でもそう思います」

「私の写メ俳句は見てます？」

「はい。毎日楽しく拝見してます。そうそう、

からっ風
地蔵の傘も
吹き飛ばす

という句と、お地蔵さんの写真は面白かったですね」

「そうですか？　どうもありがとう。笠地蔵を思い出して作ったんだけれど、写真の地蔵はあとでよく見たら水子地蔵だったのよね」

へへ、と軽く笑う。

「まあ、地蔵さんには変わりないでしょう。弱い者の味方ですよ」

「金さん優しいわね。いつもフォローしてくれる」

「そうですか？」

自分はそんな性格ではないはずだ、と考える。人生を諦めて以来、何事も投げやりで、総てがどうでもよかった。殺すなら殺せ、といった思いで生きていた。そんな自分に誰も近寄っては来なかった。何日も誰とも口をきかないという日があった。職場だから人と会えば挨拶はするが、それは小声で形式的である。そして黙々と皿洗いをし、タイムカードを押して退社するだけだった。その後選んだ職業も、できるだけ人と口をきかないで済むような職場だった。遂には長距離トラックの運転手になった。そこでは人と口をきくのは行き先の指示を受ける時と、荷物の受け渡しをする時ぐらいだった。トラックを運転している間は誰とも口をきかないで済んだ。そんな自分が変わったというのなら、もしかしたらそれは俳句の効用かも知れなかった。あるものをあるがままに見る。そうすることによって自分の歪んだ精神が見える。他人の真っ直ぐな精神を見て、自分もそうでありたいと願う。そんなことをしている内に自分本来の真っ直ぐな精神が蘇ってきたのかも知れなかった。

「わたし、癌が見つかっちゃった」

と山本由恵。

「え？」

「乳癌なんですって。来週入院して手術を受けるの」

「そうですか」

なんとか彼はそういった。彼女は愛する人を失ったばかりなのに、今度は自分の命が危うい。何とも彼には言葉がなかった。しかし彼女は平気を装い、

「何かフォローしてくださいよ」

という。気のきいたことをいえればいいのだが、思いつかない。

「それは難しいですね。人の生き死にに向い合うと、言葉がなくなります。『どうせみんな死にますから』といったって、励ましにも何にもならないでしょう？」

「それはそうよ。死ぬのは私の死が総てであって、他の人が死んでもそれは自分とは何の関係もないもの」

「はい。ですから、言葉がありません」

「このごろはね。人はどうして生まれたんだろうとか、自分は死んだらどこへ行くんだろう、とかと考えたりするの。金さんは、そんなことは考えない？」

「若いころはいつもそんなことばかり考えていましたが、このごろは殆《ほとん》ど何も考えてないです」

「答えを見つけたから？」

明菜が戻ってくる。

「おじいちゃんのお友達だよ。挨拶をして」

「こんにちわ」

「はい、こんにちわ。お名前は？」

「あきな」

「あきなちゃん。おばあちゃんはね。山本のおばあちゃんよ。よろしくね」

「うん」

金民基は明菜にいう。

「もう少し遊んでおいで。おじいちゃんは山本のおばあちゃんとお話しがあるからね」

「うん」

明菜はブランコに向かった。見送ってから金民基がいう。

「答えは見つかりませんでした。自分がどこかから来たのなら、その来たところに戻るだろう、というぐらいのことしか分かりません」

「宗教は何か信じてますか？」

「いえ、信じてません」

「うちは真宗なんですけど、どうも長い間ご無沙汰で、お彼岸の時にお寺に顔を出すくらいで、教えの方はよくわかりません」

「親鸞は偉い人だと思います。親鸞を信じていれば救われると思いますよ」

「そうですか?」

「浄土真宗は、救いは既に用意されているから、救われようとしないで、総てを阿弥陀様にお任せすればよい、という教えだったと思いますが?　ですから総てを親鸞にお任せすればいいんじゃないでしょうか?」

「金さん。私は真宗がそういう教えなのかどうかも知らないんです」

彼は孫を目で追いながらいう。

「これから学べばいいんじゃないんですか?」

そして彼女の方を向いて、

「ご先祖様が信じて命を預けた宗教ですから、信じるに値するものだと思いますよ」

「ご先祖様を信じて、その宗教を信じるってこと?　さすが金さん、発想がユニークね」

ふむ、ユニークなことをいったかな?　と金民基は自分がいったことを頭の中で繰り返す。

彼は宗教はどんなものでも同じだと思っている。救いを求める人の心を救えるなら、その宗教は存在意義がある。だから彼は仏教でも、キリスト教でも、神道でもイスラム教でも、どんな宗教でも尊重していた。

しかし彼自身は宗教を信じていなかった。神が人を作ったのではなく、人が神を作ったと彼は考えていた。そんな意識を発生させているのは肉体である。だから肉体が滅びれば意識はなくなり、この世は消え去る。宇宙はそんな人間を構成物として抱えているだけのことだった。自分は部分であって全体ではない。しかし全体に含まれる部分であるという点で、同時に全体を見ることもできる。人間とはそんな存在だろうと思っていた。宗教は「自分」を重要視するところから生まれる。自分も石ころも大した違いはないと思っている者は、なかなかあの世を信じることができない。

若い頃は彼も他の人と同じように「自分とは何者なのか？　自分はなぜ生まれたのか？　自分は死んだらどうなるのか？」と考えていた。この考えだけなら宗教を信じたのかもしれないが、彼の場合は「どうして生きられないのだ」という怒りのほうが強かった。日本を恨み、生まれたことを呪っていた。こういう精神状態の時は、宗教では救われない。それで宗教は学んだだけで信じるところまでいかなかった。ある程度学んで自分が「自分は」と考えていることに気がついた。存在について考えるなら「自分」と「石ころ」に決定的な差はなかった。どちらもそこに「在る」ものだった。

意識には外界を見ている自分と、見ていることに気がついている自分とがいる。気がついている自分がいると気がついているからには、そのことに気がついている自分も、またいる。そしてそれに気がついているということは、更にもう一つ高いところから見ている自分がいる。こうして自分という意識は、無限に続く。

どこかで読んだ中に、目が目自体を見ることができないように、自分で自分を知ることはできないといったことが書かれていた。なるほどその通りだな、と彼は納得した。それで彼は外界を見るだけにして何も考えないことにした。見ている自分が自分である。他人はいま自分が見ているこの光景を決して見ることができない。だから今見えているものを見ている自分が自分なのだ。それ以上の自分は必要ない。そう考えて彼は何とか「自分」と折り合いをつけた。だから真実「自分が在る」と確信できるところまでは行ってない。

山本由恵と別れ、一人になってから彼は考えた。どうして彼女は自分に癌だと告げたのだろうか？　彼女は水嶋との逢瀬を楽しんでいた。水嶋に女の喜びを教えられ、さらなる快感を求めて、貪欲に水嶋を求めていた。そんな水嶋を、愛し合っている最中に失い、愛欲の世界は終わった。自分を水嶋の代わりにしようとして癌だと告げたのだろうか？　あるいは、乳房がなくなるから、これでセックスは卒業だと告げたかったのだろうか？　それとも単に不安だったから、誰でもいいから聞いてもらいたかっただけだろうか？　たぶん最後の理由だろうと思う。自分は求められたところでセックスの能力はない。自分すら愛してないのに、どうして他人を愛することができようか。心を重ねるように体を重ねて、二人で喜びを感じ合うことなど自分には異次元の世界の話しだ。自分の存在があやふやな自分は単に肉体的な快感を得るためだけの、人間性を無視したセックスがせいぜいのところだ。だが、そんなことをすれば、お互いが傷つくのは経験済みだ。だから彼はセックスをしなかった。外界を見ているだけの人生のほうが、気が楽だった。

顔の腫れも引いたので正子は職安に行った。明菜を学校に入れるために住民票も移した。そのことが磯村に知れるのではないかと心配したものの、磯村の影に怯えて子供を学校に入れないわけにもいかなかった。

正子は医療事務の資格を持っていた。それで大手の病院の下請けをしている、人材派遣会社に採用が決まった。すぐに彼女は勤めに出るようになった。明菜の世話はおじいちゃんの仕事になった。午前中は幼稚園に行く。戻るとおやつを食べ、図書館の分室に行く。そこには童話や紙芝居がたくさんある。三時半になると司書さんが、紙芝居や童話の朗読をしてくれる。金民基は市立図書館に足を伸ばして、歴史の本を借り出し、分室に戻って読む。孫が時々目で探すので、近くにいてやらなければならないと思っている。

正子は勤めるようになって初めての月末から残業続きになった。社会保険や国民保険の請求をまとめるのに、人手が足りないのだそうだった。

三月になると、風が暖かくなったのを感じる。金民基は小室夫妻宅での俳句会に参加した。菊池遼子の紹介で最近俳句を始めた鈴木温子《あつこ》とその友人の矢部智子という婦人も参加した。他は毎回参加している近隣に住んでいる人たちで今回は六人参加した。句会が始まる前に、地区会幹事の佐藤亮一が菊池遼子に、

「山本さんはどんなですか?」

と聞いた。老眼のメガネで瞳が分からない。菊池遼子は、

「手術は一応成功らしいんですが、これから放射線を受けたり、抗癌剤を飲んだりで、本当の勝負はこれから、らしいです」

「そうですか。だけど早期発見だったんでしょう？」

「はい。二期らしいです」

「そうですか。早く良くなっていただきたいですね。私も三年前に胃を切りました。癌の方はうまく治療できたのですが、胃を切った影響で、糖尿が出て来ましてね。薬が手放せません」

小室が太ったお腹をゆすらせていう。

「私も糖が出てきました。今は薬で何とか抑えていますが、これからが心配です」

「いやあ、歳を取ると、あちこち悪くなってきますね」

小室は頷く。彼はコーヒーカップをテーブルに戻して、

「私はまだ癌にはなってませんが、今は誰でも癌になる時代ですからね。明日は我が身ですよ」

ここで鈴木温子が、

「年齢には関係ないですからね」

と口をはさむ。

「私の友人で、三十代で癌に罹《かか》って亡くなった人もいるんですよ」

「三十代はちょっとかわいそうですね」

と佐藤。それから彼は分厚い老眼鏡を通して携帯の画面を確認しながら、

「しかし山本さんは毎日俳句を作って送ってくれますね。これは本当に感心です。たとえ入院していても、意欲さえあれば題材はどこにでもあるということですね」

菊池遼子が頷く。そしていう。

「そうそう、金さん。山本さんが、金さんから写メ俳句が送られてこないと愚痴っていましたよ」

「そうですか。いいものができたら送ろうと思っているんですが、なかなかいいものができなくて」

「仲間内なんだから、気楽に送ればいいんですよ」

「はい。実は私の携帯は知り合いの預かり物だったんですよ。それで気安く送る気になれませんでした。でも、今度娘と家族割りの安いのを買う予定なんで、そうなったら気楽に送れるようになると思います」

「え？　そうですか。それじゃあ今度こそ本当の携帯デビューですね」

皆は軽く笑った。それから句会が始まる。

金民基が携帯電話を買ったほうがいいと思ったのは、正子との緊急連絡のためだった。正子から掛けてくる時は不都合がなかったが、こちらから掛けるときには、他人の電話は使いづらかった。彼は明菜が熱を出した時に、駅前の公衆電話まで行って、正子に連絡をしたことがあった。携帯電話の普及で、あると記憶していた公衆電話が、何台も消えていた。それで遂には駅前まで行くことになってしまった。彼は携帯のない不便さを身を持って感じた。それで二回目に連絡が必要になった時は、杏子《きょうこ》が置いていった携帯電話を使わせてもらった。そんなことがあって、彼は携帯電話を買う決心をしたのだった。

正子が携帯電話を買ってきた。白い色の、文字が大きい老人用のものだった。彼はそれの使い方を習い、早速、俳句を山本由恵に送ってみた。

写メールを
爺が使う
新学期

鏡に写った携帯を写真に撮って添付した。彼女は退院しており自宅から通院していた。返事が来る。

〈やっと携帯を買ったのですね。これからの写メ俳句を楽しみにしています〉

正子が、テーブルの隅に置いている赤い携帯電話を見ていう。

「あれ、使わないんだったら、処分したら?」

「うむ。もしかしたら、杏子のおばあさんというのが、私に電話を掛けてくるかもしれないからね。もう暫《しばら》くおいておくよ」

杏子はキャバクラをやめて、一度電話をしてきたが、それっきりである。杏子の祖母が誰なのかはいまだに分からない。自分を好きだったということだが、その言葉を信じていつまでも電話を待っているというのも、間抜けな話しだと思う。杏子が祖母のところに行ってからもう半年ほどになる。祖母が会う気なら、とおに連絡して来てないとおかしい。半年も音沙汰なしということは、会う気がないということではないか？　と考える。杏子が自分をからかったわけでもなかろうし、祖母の方に会う気がないと判断するのが妥当だろうと思う。そう思いながらも、たまに携帯電話を開いて着信があったかどうかを確認する。自分の携帯を買ってからは、山本由恵からの写メールはそちらに届くので、杏子の携帯電話が音を発することもなくなった。まあ、成るように成るだけのことだと、彼はいつものように自分にいい聞かせて、赤い携帯電話を、現在の保管場所にしている食器棚の引き出しに戻した。

三月の終わりごろ、正子が走って家に戻ってきた。

「お父さん、あいつがつけてくる」

と、真っ青な顔で娘はそういった。

「どこだ」

と彼は窓から暗い屋外を見下ろす。

「もう居ないわよ。だけどあいつよ。間違いない。私と明菜を殺すつもりよ」

次の日は土曜日だった。公園から帰るときに、明菜が遠くのベンチに座っている若者を見ていった。

「あっ、パパだ」

そして怖そうに金民基のズボンにしがみつく。

「先に戻っておいで」

金民基はそういって、遠回りをして、離れたベンチに向かった。若者の前に立ち、

「磯村さんですね」

と彼は野球帽を被った男にいった。男はそわそわとしながら、いう。

「誰だい、あんた」

「磯村正子の父親です」

「え？　そ、それは」

挨拶をしたものかどうか迷っているようだった。

「正子はもうあなたとは離婚をしました。だからあなたとは他人です。近づかないでいただきたい。あなたも正子は忘れて、新たにやり直したほうがいいでしょう。お互い、そのほうがいい」

「俺は離婚なんかしたくなかったんだ。正子が勝手に離婚届を出しただけだ。俺は別れたくないんだ。やりなおしたいんだよ」

離婚に至る経緯は正子から聞いていた。それで彼はいった。

「しかし離婚届にあなた自身がはんこを押したんですよね」

「俺は押したくなかったんだ」

「でも、押したのはあなた自身ですよね」

「ああ、押したよ。押したさ。だけど押したくなかったんだ」

金民基は一喝した。

「ガキみたいなことをいうんじゃない！」

磯村はビクリとした。金民基は続ける。

「自分の意志ではんこを押したのなら、その事実を認めなさい。君はもう正子とも明菜とも無関係だ。近づかないでくれ。そうすれば今までのことは不問にする。娘を殴って怪我をさせたことも問題にしない。しかしつきまとうのなら、警察に連絡しなければならないし、ストーカーとして処罰してもらわなければならない。そんなことになったら、お互いに気分が悪いだけじゃないか」

「うるさい。いやだ！」

と彼は身を翻した。右手にはサバイバルナイフが光っていた。

「刑務所に入りたいのか！」

と金民基は、ジャンパーを脱いで左手に巻く。そして低く身構えながら、

「正子を愛したから結婚したんだろ？　愛した者を苦しめるのは、愛じゃないぞ」

磯村は顔を歪める。

「俺は誰からも愛されてないんだ。誰も俺を愛してないんだ」

「ばかやろう。愛されてないものが、この世に存在するか!? お前は愛されているからこそ、今そこにいるんだ。お前はそれに気がついてないだけだ。大馬鹿者だ。愛されているのに愛されてないと思っている、大馬鹿者だ！」

「う、うるさい。俺は正子と明菜を殺して、自分も死ぬんだ。家まで案内しろ」

そういってナイフで彼を刺すような仕草をする。動きがぎこちない。

「お前はどうやって死ぬつもりだ。自分で自分の首を刺せるか!?」

「うるさい。そんなことはあとの話しだ」

「いいや。お前は正子と明菜を殺して逃げ出すんだ。自分で自分を刺すだけの勇気なんてないんだ。卑怯者だ、お前は」

「うるさい。俺はもう、こんな人生は嫌なんだ。人生を終わりにしたいんだ」

「正子と明菜を殺しても人生は終わらんぞ。お前は自分を殺せないで逃げ出す。生きている限りお前の人生は終わらないんだ。本当にお前が人生を終わりにしたいのなら、ナイフをよこせ、俺がお前を刺し殺してやる」

「ばかやろう！　そんな手に乗るか！」

「人生を終わりにしたいのなら、お前だけ死ねばいいだろうが！　どうして他人を巻き添えにするんだ。自分一人でおとなしく死ね！　勝手に死んでしまえ！」

「うるさい。お前にそんなことをいわれる筋合いはない」

「筋合いはある！　俺は正子の父親であり、明菜のおじいさんだ。二人の命を守る義務が俺にはある。お前には人を殺す権利などない！」

「権利なんかなくても、俺は殺すんだ。ほっといてくれ。正子のところへ案内しろ。そうじゃないとお前も殺すぞ」

「そうともお前は人を殺すんだ。自分を殺す勇気がない弱虫だから、自分より弱い奴を殺すんだ。卑怯者だ。お前は卑怯者だ！」

「うるさい！」

　磯村はナイフを振り回す。顔はくしゃくしゃで泣き叫んでいるが、その動きは、水の中で動いているかのように遅かった。残っている良心が体を硬直させているのかも知れなかった。金民基は腰の高さにある磯村のナイフを思い切り蹴り上げた。ナイフが飛んだ。磯村はよたよたとナイフを追いかける。金民基は一足早く駆けつけてナイフを足で踏みつけた。

「くそ、足をどけろ、バカ！」

　金民基は腰にしがみついた磯村を払いのける。そしてナイフを拾い上げて、ジャンパーでくるんだ。

「もうやめろ。別れるとなったら、綺麗に別れるのが男だ。世の中の半分が女だ。正子一人が女じゃないぞ」

地面に膝を落として磯村は泣き出す。

「俺に優しい言葉を掛けてくれたのは正子だけだったんだ」

「そんな正子を殺そうとは、どういう魂胆《こんたん》だ？　愛するものは守らなければならんだろうが？」

磯村は地面にあぐらをかいた。

「あんたにゃ分からんさ。俺の人生は真っ暗なんだ。就職もできないし、能力もない。頑張ったって、どうにもならないんだ」

「だったら生きなきゃいいだろ！　どうして生きようとするんだ。生きようともがくから苦しいんだろ？　生きなければいいじゃないか」

磯村は頬を涙で濡らしたまま、きょとんとした顔になった。今まで、生きない、ということについて考えたことがないようだった。金民基はもう一度いう。

「生きるんじゃない。生きるのをやめろ。生きていられない時は、生きなければいいんだ。生きようとするからドツボにはまるんだ。生きるな。頑張るな。努力なんかするな。生きないでこの世を眺めていれば、この世はショーになる。只《ただ》で見られるショータイムだ」

パトカーのサイレンが聞こえる。彼は磯村にいった。

「おい、逃げろ。俺はお前を訴える気はない。しかし警察に捕まってこのナイフがあると、お前は犯罪者になる。さっさと逃げろ」

磯村は慌てて立ち上がる。金民基は彼にいった。

「二度と現れるなよ。今度現れたら、その時は、かばってやらないぞ」

磯村はおずおずと歩き出す。金民基はジャンパーごとナイフをリュックに入れて、足早に公園を立ち去った。パトカーの赤い回転灯が公園にやってくるのが遠くから見えた。

9

四月の句会に小室は車椅子で現れた。襟巻きをし、毛糸の帽子を被って服を何枚も重ね着している。顔が歪み、よだれが垂れそうだ。それを小室の妻が何度もガーゼで拭きとる。

「どうしたんですか、小室さん」

と山本由恵《よしえ》が車椅子に近づく。小室の妻がいう。

「家で句会をした次の日に、風呂場で倒れたんです。右半分が動かなくなってしまいました。それでも句会には出るといって」

と涙ぐむ。菊池遼子も近づいてねぎらいの言葉をかける。入ってきたばかりの鈴木温子《あつこ》と矢部智子も車椅子の小室をいたわった。

こんな時、金民基《キムミンギ》は凍りついてしまう。世の中を見るだけと決めているから、助けが必要な人をみると、自分が動かなければ助からない人なのかどうかを見極めようとする意識が働く。自分以外に助ける人が居る時は、彼は動かない。しかし自分しかいなければ、彼は動く。彼は小室を見て、自分は今、必要がない人間だと判断した。それで少し離れたところから皆を見ていた。小室と目が合う。苦しいような悔しいような眼の色をしていた。金民基は会釈をした。それは小室が健康な時と同じ仕草だった。小室も少し頷いた。

金民基の父親も、倒れて同じような症状になった。ただ症状は軽く、箸を持つのと歩くのが少し不自由なぐらいで、話すことに支障はなかった。

父は、家族がご飯を作っても、体をさすっても「ありがとう」と一度もいったことのない男だった。儒教に毒された父は、子供が親孝行をするのは当然のことで、自分が感謝しなければならないようなことだとは思ってなかった。何をしてもらっても、鷹揚《おうよう》に頷いて、当然だという顔をしていた。それが父親としての威厳を保つ行為だと、信じ込んでいた。

父はリハビリをしても元に戻らない体にイラつき、よくヒステリーを出した。口は達者だったから、看護婦や医師にまで当たった。医師に対しては「あんたの仕事は患者の病気を治すことだろ？　だったら、きちんと仕事をしたらどうなんだ？　俺の体はちっともよくならんじゃないか!?」と憎まれ口を叩いた。それで医師までが父と口を利くのを嫌がるようになった。

母が過労で倒れて、そのまま死んでしまった。父はいった。

「ばかが。俺の世話もしないで先に死んでしまいやがって」

それは今思えば父親流の悲しみの表現だったのだろうが、母がしてきた介護の総てを妻の英《えい》子《こ》がしなければならなくなると思うと、気が滅入った。彼の稼ぎは総て父親の治療費と小遣いで消えていた。その上に介護が加わる。

父はいつもふんぞり返っていた。尽くしてもらって当たり前、小遣いもらっても当たり前、子供が稼ぎの総てを病院に払っても当たり前だった。金民基はこいつの奴隷で終わりたくない、と思った。好きでもない女と結婚したが、結婚した責任は取らなければならない。女房と子供を守るために、奴隷生活からおさらばしたほうがいい、と彼は判断した。それで母がいなくなった父の家には戻らず、別居生活を継続することにした。その一方で、父の生活保護を市役所に申請した。

父は市の福祉課の者が自分を訪ねてきたことでその事実を知った。それは長男夫婦が自分と同居する意思はなく、経済的にも面倒をみる考えがないということを意味していた。父は、長男が自分を捨てたのだと、悟った。子供は三人いた。長男の下に弟と妹がいたが、二人共生活は苦しく、どちらも父親の引き受けを断った。

父は誰も自分を引き受けるものがないと知った二日後に、病院の風呂場で首をくくって死んだ。間接的に金民基が殺したようなものだった。しかし彼の兄弟は誰も彼を非難しなかった。兄弟は皆、儒教の害悪をばらまく父親が死んでくれて、ほっとしていた。

遺体と対面したとき、金民基は不思議と罪悪感を感じなかった。過去が一瞬で蘇り、父が自分を搾取し続けてきた光景を思い返した。肉体を酷使して得た薄給を、父親は当然という顔をして、受け取った。正子《まさこ》のおもちゃを買ってやる金も残らなかった。「大学までいったくせに、この程度しか稼ぎきらんのか」と父親は息子を詰《なじ》った。感謝の言葉は聞けなくても、非難する言葉は聞きたくなかった。だから父親の死に顔を見ても、これ以上は無理だったと思うだけだった。それから、もっと早く死んでくれていたら、という考えが浮かんだ。そうすれば自分はここまでチョウセン人である自分を卑下することもなく、日本人と戦う心を持つことができたんじゃなかろうか、と思った。しかし父親は子供たちの前で自分がチョウセン人であることを呪い、チョウセン人であるかぎり日本では生きていけないとわめきたて、息子の頼りなさを詰り、自分の運勢を呪った。おかげで金民基はニヒリストになり、心を閉ざして外界を見ているだけの人間になった。せっかくいい大学を出たのに、アルバイトの延長のような仕事についただけで、良い職場で働こうという気概がなかった。彼は自分では、生きないという生き方を選択したのだと、格好をつけていた。しかし実態は投げやりな人生を送ってきたに過ぎなかった。

小室は金民基の父親と同じ目をしていた。自分の自由がきかなくなったことにいらつき、世の中を恨んでいるのだ。感謝を忘れた人間は醜い。人は、自分が世界の中心にいるとき、感謝をしなくなる。自分が神であると錯覚したときに、感謝を忘れ、地獄に堕ちる。

小室夫人は夫の口元に耳を近づけ、俳句をメモし、そして投句する。自分の作品を作る暇はない。夫は句会の様子を見て、自分の作品が選ばれないかと、そわそわする。体に変調があっただけで、心には何の変化もない。それが金民基には哀しく映る。

蕎麦屋で反省会をする。小室夫人のボールペンのキャップがテーブルから落ちた。他の人間は誰も気がついていない。やがて小室夫人がキャップを探す素振りを見せたので、向かい側に座っていた金民基は、

「こちらの座布団の間にありますよ」

と指さした。

「え？」

と小室夫人は驚いた顔をする。

「さっき、キャップが落ちるのを見たんです」

と彼はいった。

「だけど私がキャップを探していると、どうして分かったのですか？」

と彼女は驚いた顔になる。観察が習慣になっている者からすれば、それは何でもないことだが、周囲に神経が行ってない者からすれば、驚くべきことだったに違いない。

よだれを垂らしかけている小室の目がぎらついた。嫉妬しているな、と金民基は感じた。六十を過ぎても女房に嫉妬できるのか？　なんとも羨ましいことだ、と彼は思った。

蕎麦屋を出てから菊池遼子が金民基に、

「コーヒーでもいかがですか」

と誘った。珍しいことだった。山本由恵と鈴木温子も共に喫茶店に入った。矢部智子は用事があるということで帰った。菊池遼子はマンションタイプの老人ホームに入るかどうかを考えていた。それを誰かに相談したかったようである。しかし金民基には何の考えもなかった。

「申し訳ないです。自分では何のお役にも立てそうにありません」

と彼は答えた。

「金さんは、体が動かなくなったら、どうされます？」

と彼女は聞いた。ショートカットで、後ろ姿だけを見ると若い女性と見紛うような動きをしている。

金民基は考える。自分の考えは世間の一般常識からはかけ離れている。成るように成るさが基本である。成るように成らない時は死ぬ時だと心得ている。体が動かなくなったら、自分が死ぬ姿を自分で見学するだけのことだろうと、のんきに構えている。成るように「しよう」ともがいたり、あがいたりする気はさらさらない。生きる気がないのである。自分はそれを自ら選択したし、それでいいと思っている。しかし他人にそうとはいいにくい。

「そうですねえ。まだそんなことは考えたことがなくて」

「でもいずれ小室さんのように脳の血管が切れて倒れるか、心臓病に成るか、癌になるかでしょう？　日本の老人は」

と山本由恵が既に癌になったことも踏まえて彼女はいった。そして続ける。

「自分の体が動かなくなったときに、周りに誰も居なかったら、怖いじゃないですか？　それに下の世話が必要になったら、親切にしてくれるところに居たいじゃないですか？」

金民基は頷いた。そういう考えもあるだろうと思った。しかし彼はそうまでして生きていたいとは思ってなかった。彼は父親を全く評価してなかったが、最後に自分の命を自分で始末したという点だけは評価していた。父親は自分の人生はここまで、という区切りを心得ていた。欲の塊で感謝知らずで傲慢で、生きることばかりに汲々《きゅうきゅう》としている男だったが、限界は知っていた。その点だけは見事だったと思う。だから彼も死ぬべき時が来たら、あっさりと死ねるようでありたいと願っていた。しかし生きたいと思っている者にそういうのは嫌味に思えた。それで彼は返事ができなかった。

「そうなるのも嫌ですねえ」

と山本由恵がいう。

「だから私はこのごろ写経を始めたんですよ。死ぬ時はころっと死ねるようにとお願いしながらお経を書いてるの」

鈴木温子が聞く。

「お経って、漢字ばかりでしょ?」

「漢字ばかりといっても、般若心経という短いお経だから、二百七十八文字よ。これを毎日一回書くようにしているの」

鈴木温子が更に聞く。

「般若心経というと、色即是空《しきそくぜくう》というやつですか?」

「そうそう。色即是空、空即是色《くうそくぜしき》。有るということは無いということであり、無いということは有るということなのよ」

「難しいですよ」

と鈴木温子は顔をしかめた。金民基はそう聞いて、思わず口を挟んでしまった。

「そこは少し違うと思います」

「え？」

と山本由恵が彼を見る。

「金さん、教えて下さい。私も難しくて、本当は何のことやら今いちよく分かってないんです」

ふむ、と彼は腕を組んで話しだす。

「色《しき》というのは、存在ということです。空《くう》というのは、無いということではなく、定まらないということです。無と空とは異なる概念です。ですから色即是空というのは、この世に存在しているものは、常に変化をしていて定まりがないものだ、という意味です。空即是色というのは、常に変化をしていて定まりがないものを存在というのだ、という意味です。簡単にいうと、諸行無常ですよ。全てのものは変化して移ろうということです」

それから彼は思いついて付け加えた。

「最近の量子力学でも、存在は確率で存在するということです。あるとないとが同時にあるのだそうです。常に変化していて定まらないのです」

山本由恵がいう。

「金さん、お坊さんより説明が上手ですね。よほど勉強されたのですか？」

「いいえ。かじった程度です。有名なお経をひと通り読んでみただけです」

「金さん、ひとつ教えて下さい」

と山本由恵は真剣な顔になる。

「地獄はありますか？　また浄土に生まれ変わるということはあるんでしょうか？」

ない、と即座にいいたいところだったが、それは自分の考えでしかない。彼は言葉を飲み込んだ。人は見たいものしか見ない。ほとんどの人間は見えるものを見るのではなく、見たいものだけを見ている。極く稀に目に見えているものを観る人がいる。こういう人は達人である。そして世の中の苦しんでいる人々の声までも観てしまうのは、観音様ぐらいのものだろうと思う。いま山本由恵は見たいものを見ようとしている。そして自分にはそれを邪魔する権利などない、と彼は考えた。

「私には分かりません」

と彼はいい、

「まだ、死んだことがないもんで」

と付け加えた。一拍置いて、一座は笑いに包まれた。

「そりゃあそうよねえ。死んだことが無いんだもの分からないわよ」

と山本由恵。鈴木温子も笑いながら、

「行ったこともないし」

という。菊池遼子も笑っている。笑いが収まってから、山本由恵が真剣な顔でいった。

「自分って何なんだろうと考えると、不安で眠れなくなることがあるんだけれど、そんなことってないですか?」

そして彼女は金民基の顔を見ていう。

「金さん」

ふうむ、と彼は目を閉じる。彼は自分の考えをいって誰かを惑わしたくはなかった。死にかけている人には、宮沢賢治のように「行って『怖がらなくてもいい』」といってあげたかった。とはいえ、宮沢賢治は法華経の世界を信じきっていたが、自分は信じてない。同じ言葉をいっても、自分の言葉には宮沢賢治ほどの力はない。

「金さん、どうしました?」

と菊池遼子が彼を下から見る。

「あ、いや、大丈夫ですよ」

そして彼は思う。死を前にして怯えている人間に自分が何をいえるだろうか。自分は単に死ぬ時が来るのを待っているだけの人間だ。何もせず、ただ世の中を眺めて来ただけだ。これまでいい加減に生きて来たし、未だかつて何かに真剣に取り組んだこともない。そんな人間が何をいっても無意味だろう。敗者は語らず、ただ黙して死すのみ、と考える。

山本由恵はいう。

「死ぬというのは、自分が消えてなくなるということです。自分が消えるというのがどういうことなのか分からなくて、怖くてたまらなくなります。癌が再発すると自分は消えるんです。

それが怖くて、一晩中寝られないこともあります。こういう経験を金さんは、したことないでしょう?」

彼は静かに頷く。確かにそういう経験はない。しかし二十歳《はたち》で生きないと決めた時に、成るように成らない時は、死ぬと覚悟を決めた。以来四十年間、毎朝目が覚める度に死ぬ覚悟をしている。今日死ななければならないとしたら、死ぬとしよう、と思って寝床から起き上がる。そんな毎日を繰り返している内に、いつしかこの世に居候をしているような気になってきた。だから自分が死んだら、とか、自分がどうして癌に、などという「自分」という意識が希薄になってきた。

自分というものを意識するから人は苦しむ。見ることに徹すればそれを忘れる。自分を忘れれば、この世に漂っていられるようになる。しかしこうすればいいんですよ、と他人に伝えることは難しい。自分が経験した人生は、自分にしか通用しない。同じことを他人に求めることも強制することもできない。そして最大の問題は、自分を自分の意識から消すことができたとしても、何ものにも揺るがない精神を獲得できる保証はない、ということだった。

彼は財布から金を出す時に、今月使える残りの金額を無意識のうちに計算してしまう。これは迷いである。俳句を作るときには、完全に、今を切り取ることに集中しているわけではない。心のどこかに、褒めてもらえる句を作ろうという欲がうごめいている。これは執着である。人はなかなか見ることに徹することができない。

「仏様におすがりするしかないでしょうね」

と金民基はいった。そういってから山本由恵は浄土真宗だったと気がついた。浄土真宗は般若心経は、意味不明の「ボジソワカ」が入っているために読まないはずだったと思う。しかし彼はそのことをいわなかった。救われるなら「南無阿弥陀仏」でも「ボジソワカ」でもいいではないか、と思った。

10

明菜《あきな》が小学校に上がった。金民基《キムミンギ》はおじいさんらしくランドセルを買ってあげた。磯村はあの日以来姿を見せない。やっと離婚という事実を受け入れてくれたのだろうと思う。サバイバルナイフは刃をガムテープで挟んで、資源ゴミとして出した。

学童保育が夕方六時までなので、金民基の生活は今まで通りとなった。終日図書館に行って、歴史や民俗学や宗教の本を読んでいた。彼が六時頃家に戻って二十分ほどすると、明菜が戻ってくる。七時頃には正子《まさこ》が戻る。それから正子は夕食の支度をする。悪いとは思うが、彼は死ぬほど料理が嫌いだった。後片付けは普通にできる。だから食後の皿洗いは彼が引き受けた。

明菜は学校のことや学童でのことをよく話した。金民基はそれを聞いて心和むのを感じる。彼の父親は食事のたびに説教をしていた。自分が日本に来てどれだけ苦労し、どれだけ大変な思いをしてお前たちを養っているかを話し、そしてお前たちは自分の足元にも及ばない甘ちゃんたちで、信じられないぐらい恵まれた生活をしている、といった。それから本題に入る。だからお前たちは俺に感謝をしろ。どれだけ感謝をしても、し過ぎることはない。犬でも三日飯を食ったら恩を忘れない。ましてやお前たちは人間だ。忘れずにきちんと恩を返せ。親孝行をしろ。

毎日食事のたびにそんな演説を聞かされるのは苦痛だった。それで大きくなるほどにご飯を食べるのが速くなった。彼は三分から五分で胃袋に押し込め、素早く膳を離れた。そうやって父親の自画自賛や、親孝行の強要や、お前たちがいかに出来損ないかという説教から逃れようとした。

「おじいさん、食べるのはやーい」

と明菜がいう。

「そうだね。おじいさん、ちょっと速すぎるね」

と彼は意識してゆっくり食べるようにした。明菜が学校でのことを話しているのを聞くのは楽しかった。そんな経験をして、彼は初めて、食事の時間というのは楽しいものだったのだと気がついた。それまで彼は、食事の時間は苦痛な時間だと捉えていた。一分でも短いほうがいいし、食べずに済むならどれだけいいだろうと思っていた。

彼は反省する。親父が日本から受けた差別の悪弊が、まだ自分に残っている。これを断ち切って次の世代に伝えないようにしなければならない。不幸だったのは自分まででいい。自分より後の世代にまで、不幸や嫌な思いを伝染させてはならないと思う。

明菜は食事が済むとビデオ録画をしていたアニメの漫画を見る。彼は洗い物をする。食器棚の奥でジージーと音がする。何か虫でも入り込んだのだろうかと思う。引き出しを引くと虫ではなく、赤い携帯電話が光を明滅させながら震えていた。手に持つと登録されてない番号からだった。

「はい」

というと、

「あのう」

と女性の声である。杏子《きょうこ》の客からではないと判断した。

「金民基さんでしょうか？」

という。正確に韓国語式の発音でいわれたので、日本人ではないだろう、と思った。あるいは例の杏子の祖母かもしれないと緊張する。

「はいそうです。金民基です」

「わたし、李美淑《イミスク》です。覚えてらっしゃいますか？　韓文研で一緒でした」

韓文研というのは、韓国文化研究会のことで、彼が大学で所属していた在日韓国人のサークルであった。李美淑もそこに属していた。目立たない女性で、いつも隅のほうで皆が話すのを聞いていた。

「はい。覚えています。だけど、この携帯の電話番号をどうして知ったんですか？」

「実は、孫が大迫《おおさこ》杏子なんです」

「ええ!?」

状況を理解できず、暫《しばら》く声が出ない。少しして彼は、

「彼女は日本人ですよね」

という。

「はい。本当は私も日本人だったんです。父親が、私たちが子供の頃に帰化をしたんです。日本名は木下です。だけど大学では、帰化する前の名前で韓文研に入りました。会長とか幹部の何人かはこのことを知っていましたが、普通の会員はこのことを知りません。金さんにも、最後まで本当のことをいえませんでした」

「そうだったんですか」

「ですから、子供も孫もみんな日本人なんです。誰も元は韓国人だということを知りません。このことは、杏子には内緒にしておいていただけますか？」

「ええ、勿論。分かりました」

そう応えながら彼は、これが、彼女が今まで電話をすることができなかった理由なのだろうと思った。

「ごめんなさいね。最初から変なお願いごとをして」

「いえいえ」

「杏子から話しを聞いて驚きました。まさか金さんを探して行ったとは。だけど金さんのお陰でいい方向に進んでくれて、杏子は今、毎日十五時間ぐらい勉強をしています。反抗ばかりしていた困り者の孫娘が、もしかしたら本当に東大に合格するかもしれないと、私も娘も期待しています。ありがとうございました」

「いえいえ、自分は何もしていません」

「それで一度金さんにお会いしてお礼を申し上げた方がいいと思いまして、お電話を差し上げました」

「いえ、そんなことはいいですよ。電話だけで充分です」

「それに、もう何十年も会ってませんから、その後のことなんかもお話しできればと思いまして」

それならば、会わないと用が済まないな、と彼は思う。

「そうですか。それなら、お会いしましょうか？」

彼女は都内のホテルを指定した。金民基は指定された日時にホテルのロビーに行った。いつも着ている作業ジャンパーの代わりに背広の上着を羽織って出かけた。ロビーに座っていると、ブルーのスーツを着た太った女性が近づいてきた。顔の中央部に李美淑の面影がある。若かった彼女がそのまま横に倍に膨れたような感じだった。

「びっくりしたでしょ？　こんなに太っちゃって。自分でも嫌になっちゃうわ。金さんは全く変わってませんね」

彼は軽く頷く。四十代の頃は十キロぐらい太っていたが、今の体のサイズは学生時代と同じだった。

「中華でいいですか？　予約を入れてしまいましたけど」

「はい。ぜんぜん」

李美淑の父親はパチンコ屋をしていた。帰化に当たり、パチンコ屋を整理して財産を総て不動産に変えた。そして帰化を申請した。子供は娘が二人いた。下の娘は頼りなかったので、長女である美淑に養子をもらうことにした。父親は帰化をしていながら、美淑の配偶者には在日韓国人を望んで譲らなかった。何度かの見合いののち、日本に帰化する条件を飲んで結婚するといった男は、全く生きる気力を失った、単なる遊び好きな男だった。

美淑はいう。

「私には優しくしてくれるから、それでいいかと思ったんですが、よその女にも優しい人だったんですよ。加えて金銭感覚がなくて、ほとほと困りました」

「そうですか」

と金民基はフカヒレのスープを飲む。彼の胃袋はそれだけで腹一杯になる。後から出てくる飲茶にはほとんど手をつけられない。それで彼は香りのよいお茶ばかりを飲んでいた。

彼女の夫は酒の飲み過ぎで、十年ほど前に肝硬変で亡くなった。夫は男の子と女の子とを、それぞれ別の女性との間にもうけていた。彼女は亡夫の愛人を自分の会社の従業員にし、給料を出して生活できるようにした。彼女自身は娘を一人授かった。その子が杏子の母親である。銀行マンの男と大恋愛の果てに駆け落ち同然で結婚してからのことは、杏子から概略聞いた通りだった。

金民基は聞かれるままに、自分のその後を語った。大学を出てずっとアルバイトのような仕事で食いつないできたこと。結婚はしたが四年ほどで別れたこと。いまは娘と孫の三人で暮らしていること。そして年金をもらうようになったこと、などなどである。

「それはそうと、うちの孫をどうやってその気にさせたんですか?」

と彼女は聞く。知り合ったところから話さなければならないだろうと思う。しかしそれをどう話したものか? 彼女は祖母である。孫が援助交際をしていたと聞くのは辛いだろう。彼は、

「お孫さんはどういってましたか?」

と聞いてみた。

「それがね」

と彼女は半分笑いながら話し始める。

「偽《にせ》の援助交際を持ちかけて話すきっかけを作ったといっているんですが、本当ですか?」

にせか? と彼は心のなかで呟く。当時の光景を思い返し、杏子が駅で仲間が待っているといったことまで作り話とは思えなかった。地元の地主と何度か援助交際をしたのも事実だっただろうと思う。しかし今さらそれが偽か事実かを争うのは愚かだ。彼はいう。

「ええ、そうでしたね。援助交際を持ちかけられました。最初は他の人にいっているのかと思ったんですよ。だって、年寄りに援助交際なんて、ありえない話ですからね」

彼女は頷く。

「しかしそれをきっかけに色々と話しを聞いてみるとなかなかしっかりしていて頭のいい子だったもので」

と彼は図書館での話しをした。それからその後の概略を話し終えて、

「お孫さんは自分の力で立ち直ったんです。私は何もしていません」

と告げた。彼女は真剣な顔でいう。

「しかしそれは、最初に金さんが援助交際に応じなかったという、人格の高潔さがもたらした結果ですよ。応じていたら、孫は逃げ出したと思います」

「確かに援助交際に応じなかったことで色々と話すようになりましたが、私の人格は関係無いですよ。断ったのは単にお金がなかっただけですから」

「お金があったら援助交際をしてたんですか？」

「してたかもしれませんね。まあ、もっとも、ケツの青いのは私の趣味ではないですけど」

「あら、金さんは熟女がお好みですか？」

少し期待しているような響きがある。

「熟女はなおさら面倒ですね。生きないと決めてからは、人と関係を持つこと自体が億劫《おっくう》になりました。だめですね」

「学生時代からそうだったんですか？」

「そうですね。二十歳《はたち》の頃には、生きる気力を失っていましたね。親父には金儲けをしろとせ

っつかれるし、親孝行をしないのは人間じゃないと脅されますしね。一方で就職なんてありません。チョウセン人には生きる道なんてなかったですよ」

「そうだったんですか。大変だったんですね。そんなことも知らないで私は、金さんが告白してくれるのを毎日のように待っていたんですよ」

と彼女は茶目っ気を出した顔でいう。

「金さんが私のことを好きだといったらどうしようかと、いつも夢を見ていたのに、金さんはそれどころじゃなかったんですね」

彼は頷く。

「当時は日本の社会で生きていく道を塞がれて、自分はこれからどうやって生きていくのか？自分とは何者なのか？　自分は何のために生まれたのか？　などなど。自分、自分、自分に取り囲まれて、ノイローゼのようになっていました。とても人を好きになれるような精神状態じゃなかったですね」

「そういえば金さんのいうことはいつもユニークでしたね」

「そうですか？」

「他人《ひと》がまるで思いつきもしないことを飄々とした顔で淡々といってましたものね」

「そうでしたっけ？」

「そうですよ。例えばほら、我々は日本民族である、と金さんはいってたじゃないですか？

あの当時我々を日本民族だ、などという人なんて誰もいませんでしたよ。だけど金さんは韓国民族なら民族について学ぶ必要はない。日本民族だからこそ学ばなければならないんだ、といっていましたよね。正直、未だに私には日本民族と定義することと韓国民族であると定義することの違いがよく分からないんです。民族について学ぶということでは、どう定義しようが、同じことですよね」

「学ぶということでは同じです」

彼はお茶を一口飲んだ。

「どこが違うんですか?」

「そうですね」

と彼は考える。はるか昔にいっていたことである。それ以来、誰ともこんな話しをしたことがなかった。彼は思い出しながら話す。

「我々が日本民族である場合、父や母の属していた文化、先祖の歴史を学ぶことは、趣味になります。興味のある者だけがやればいいことであって、興味のない人はやらなくてもいいという結論になります。ですから、できなくても人間性を否定されることはありません。しかし我々は韓国民族だから韓国の文化を知らなければならない、という当時の常識からすると、歴史や文化を学ぶことは義務になります。全ての者が学ばなければならず、それをしない、あるいはできない者は、人間ではない、ということになります」

「ああ、なるほど」

　彼は補足の説明を続ける。

「在日の二世に民族性を求めるのは、例えるなら、総ての日本人に対して、英語をアメリカ人と同じレベルで話すように求めるのと同じことですよ。それは不可能なことです。殆《ほとん》どの人ができないようなことを求める民族理論は、どこかがおかしいと、私は思っていました。嘘っぽいと感じていたのです」

　李美淑は頷く。まだ憧れているような顔をしている。彼は続ける。

「たとえ落ちこぼれても、自己否定までする必要がないような理論でなければならないと、私は思います。そんな結論から遡って行くと、我々は日本人だから民族を学ぶ必要がある、という前提に行き着きます」

　彼女はまたも頷く。彼は続ける。

「私はこれなら納得できると思いましたが、在日のインテリは、民族という名のもとに不可能を押し付けていました。その結果、民族から落ちこぼれた二世は、自分のコンプレックスを隠すために、更に民族に傾斜して、軍事独裁政権打倒を叫び、自分たちの差別心を隠して日本の差別を糾弾していました。自分たち自身が自分たちを差別しているという事実には目を向けず、日本を非難し続け、一方で自分は両班《ヤンバン》の出であるということを誇っていました」

　彼は年を経て、自分のいいたかったことが整理されていると思った。若い頃はこんなに簡潔に、自分の考えをいえなかったと感じる。彼は、美淑の顔を見て話しを続けた。

「差別される側には、差別される側の責任があると思うんですよ。差別するのは日本の勝手だけれど、それをどう受け止めるかというのは、こちら側の責任だと、僕は思っています。日本の差別を受けて、民族としての回復を目指したのは、結果として更なる差別を生み出しました。当時のインテリが不可能を押し付けたがために、多くの在日の二世は、日本からは差別され、民族からも落ちこぼれてしまった。そして死んだように息を潜めて今日まで来ている。今や在日が日本のどこにいるのか全く見えません。知識だけあるインテリというのは、困ったものです」

「そうですね」

と彼女は頷く。それから、

「どうしてみなは金さんのような意見に耳を傾けなかったんでしょうか?」

という。それから、

「金さんの意見を皆が知っていたら、今みたいに在日の影が薄くなることはなかったでしょうに。金さんは自己主張をしなさすぎです」

そう聞いて彼は軽く首を振った。そして、

「ミスクが私を評価してくれるのはありがたいけれど、客観的には私は負け犬です」

彼女は驚いた顔になる。

「負け犬だなんて、そんないい方しないで下さい」

ふむ、と彼は頷く。そして負け犬ならばまだいい方だ、と考える。自分は負け犬になることすら許されなかった、と思う。負けるためには戦わなければならない。しかしチョウセン人には戦いの機会は与えられなかった。だから負ける自由すらなかったというのが実情だった。彼は彼女の言葉を受け流して続ける。

「自分は思うだけで何もしませんでした。それでいて自分は正しかったといいつのるなら」

と、そういってから彼は一息ついた。父親の顔が浮かんだ。自分のいっていることこそが真実だと、鬼のような顔をして強弁している顔だった。父親もまた負け犬だったのに、死ぬまで負けを認めなかった。あんな人間にだけはなりたくない。彼はそう念じながら今日まで生きてきた。彼は続ける。

「独りよがりの正義は害悪です。知識だけのインテリと同じように、自分も害悪を話しているのかもしれないと、恐れます。だから自分の考えは、他ではいいません。あとは黙って死ぬだけです」

「でも、結果から見れば金さんの考えのほうが正しかったじゃないですか?」

彼はホッと一つ、息をついた。

「正しいかどうかは大した問題じゃないと思います。納得できるかどうかが重要です。心の奥底にいる自分が、本当に納得できるかどうかです。心の奥にいる自分が納得できないなら、人はいずれ必ず後悔することになります」

　彼は少し考える。それから付け加えた。

「表面的な理屈で民族に熱狂した者は、熱が冷めると同時に民族から離れました。民族というのは、私が思うに、家族の記憶であり、原風景です。父母や祖父母の記憶を、熱が冷めると同時にこの世から消し去ってしまうのは、その記憶が良いものかどうかは別にして、人間としてしてはならないことだと思っています。そうした点から、私は理屈だけで民族を語った、かつてのインテリたちを憎みます」

　彼女は幾つも頷き、それから、じれったそうにいう。

「ときどき、金さんがいっていたように在日が動いていれば、どうなっただろうと思うんですよ」

　彼は軽く首を捻る。

「まあ、日本が住みやすい国に変わったから、それはそれでいいんじゃないんですか？　韓流が流行る時代になりましたからね。僕らの頃はこんな時代が来るなんて、夢にも思わなかったですよ」

「それはそうですけど」

　それから彼はいった。

「これからは本名を名乗る者だけが在日になるでしょうね。民族の本質は国籍ではなく、名前ですよ」

ああ、と日本名で生きている彼女は浮かぬ顔で頷く。彼は続ける。

「チョウセン人かどうかは、本名で分かります。いま日本社会で活躍している人たちも、本名を使っているからこそ在日だと分かります。だから民族とは名前だと思うんです」

「そういわれると、自分が恥ずかしいですわ」

彼女は下を向く。彼は思う。今からでも木下淑子《としこ》を使わず、李美淑を「通名《つうめい》として」生きるという生き方を、しようと思えばできる。国籍は日本でも日常を李美淑として生きればいいのだ。そうやって本名の回復を図る方法もある。しかし彼女は孫に帰化したことを隠してくれという人だ。そういう生き方はしないだろう、と思った。彼はそれで、

「皆が皆、戦わなければならないというものでもないですよ」

と応えた。彼女は大きくため息をついていう。

「韓流もそうですけど、今頃になって韓国はかっこいいといわれてもね。シャクにさわりますよ。今までさんざん、にんにく臭いだの、キムチ臭いだのといっていたのに、そんな連中が今はキムチ大好き人間ですからね」

「まあ、いい時代になったということでしょう」

「日本はいつもそうです。うまい具合に真実を隠して、そして全部自分たちのもののような顔をするんだから、古代の日本の文化なんて韓国文化そのまんまじゃないですか？　飛鳥も、奈

良も、みんなそうでしょう？」

「まあ、ある程度はそうでしょうね」

「天皇陛下だって韓国人だっていうじゃないですか？」

「さあ、それはどうですかね」

「違うんですか？」

「違うでしょうね。韓国というのは、現代の国家を意味していますからね。百済《くだら》系というのなまだ分かりますが、韓国人というのは、間違いでしょう」

「でも、いずれにしても半島から来たんでしょう？」

「半島から来たでしょうが、しかし日本という一つの文化は認識すべきでしょうね」

「そうですか？　学生時代に、日本の中の朝鮮文化を強調していた金さんとも思えませんけど」

当時は「日本の中の朝鮮文化」という書籍が出版されていた。日本の各所に残る朝鮮半島からの渡来人の遺跡を訪ね歩いたレポートだった。

「むかし自分が何を話していたかは覚えていませんが、おそらく生半可な知識で話しをしていたでしょうね。今も大した知識ではありませんが、私は日本は日本だと思っています。元が同じでも、三百年も経てば違う文化になります。高句麗《こうくり》から別れた百済が、高句麗とは別なように、日本も別ですよ」

「だけど古代の日本は韓国のコピーでしょ？」

「さあ、それはどうですかね。そういい切るには疑問が幾つも残ります」

「そこ、聞かせて下さい。知りたいです」

と彼女もお茶を飲む。デザートがやってきたが、もう満腹である。彼は韓国の古代史について解説した。主要なポイントは、ふたつだった。一つは日本語と韓国語の語尾の違いについてだった。日本語は母音で終わるが、韓国語は子音で終わる。いま一つは、神話の違いである。どちらも天孫族がやってきて国を支配したという内容だが、韓国の神話は一神教であるのに対し、日本の神話は多神教で語られていた。この二つは根本の文化が異なっていることを示しているると、彼は話した。二十分ほどの解説を聞き終えて彼女は、

「なるほど」

と頷く。それから顔を上げて、

「金さん、それって本にしませんか？　金さんが今いった話しは、初めて聞く話しばかりです。日本の学者もそんなことはいってないでしょ？」

「日本の学者が何といっているかは、自分は知りません。しかし私が考える程度のことは、誰でも考えるでしょう」

「金さん」

と彼女は子供を叱るような顔で彼を見る。

「学生時代に、金さんの意見は、金さんしかいってなかったんですよ」

彼はひとつ頷いてその言を受ける。

「そして誰からも支持されませんでした。他人が同意しない意見は、無意味ですよ」

「私は支持していました。口には出しませんでしたが、金さんのいっていることは絶対に正しいと思っていました」

彼は軽く笑って、

「約一名は支持者がいたというわけだ」

と、お茶を一口飲んだ。香りが薄くなり、渋みが出ているようだった。彼は再び李美淑を見た。

「他人を説得できず、行動に移せない知識は無意味です。私は誰も説得することができず、皆から親日派だとスポイルされた。やはり負け犬ですよ」

「また、そんな。だけど、もったいないですね。そういうことを知りたい人もたくさんいるでしょうに」

「さあ、どうでしょうね」

「金さん、出版してはどうですか？　出版の費用は、私がお出ししますよ」

「いえいえ、お気持ちだけで充分です。私のは、趣味ですよ」

「学生時代のままですね。皆が親日派だと金さんを攻撃しても、金さんは知らん顔をしてましたものね」

「そういう性格なんでしょうね」

彼女は下を向いて話し始めた。

「私は夫が外に女を作ったり、子供を作ったりと、トラブルを起こすたびに、金さんのことを思い出していました。あの人と一緒になっていたらこんなことはなかったと、そんなことばかり考えていました」

そして彼女は彼を見ていう。

「私の方から告白していたら」

少しいい淀み、

「どうなってました？」

彼は考える。そんな人生もありえたのか？　と自分で疑う。少し考えてから彼は口を開いた。

「もしそうなら、私の人生は全く違うものになっていたでしょうね。いま気がついたんですが、私の人生は守るものが何もない人生でした。しかしあなたが私と結婚してくれていたなら、私には守るべきものが出てきます。その時私は、あなたを守るために、本名を捨てて日本人として生きただろうかと、不思議です。守るものがないから今日まで意地を張り通して本名で生きてきましたが、守るものがあったなら、あなたの名前である木下を名乗り、あなたを守る人生を送ったのかもしれません。しかしそれが幸せな人生だったかどうかは、正直なところわかりません」

「私と結婚しても幸せには、なれなかったとおっしゃるんですか？」

「あなたが原因だというのではなく、状況の話しです。今の時代はチョウセン人であるというのは、大した障害ではありません。しかし私たちの時代はチョウセン人だというだけで、生きる道を塞がれていました。人間性までが否定されている時代でした。その時にチョウセン人であることをやめるのは、日本に膝を屈することであり、自分で自分の人格を否定するのと、同じ意味を持ちました。現代において日本に帰化をするのとは、全く意味合いが異なります。当時は自分の全人格を否定しないと日本人になるという判断は下せなかった。そういう状況下で、あなたを守るために自分の人格を否定するという結論を下して、果たして幸せになれただろうかと疑問をいだきます。また自分が、自分をそこまで否定し切ることができる人間だとも、思えません。自分にはそこまで人を愛する能力があるとは思えないんです」

そういって彼はいくつか頷いた。彼女は彼をじっと見つめている。彼は続けた。

「今やっと分かりました。私は今まで自分自身を愛したこともなく、だから他人も愛せないと思っていました。しかし逆ですね。自分は、自分を限りなく愛していたんです。だから命を失っても、日本に膝を屈しないという生き方をしてこれたと思います。自分を愛していたから、意地を張り通せたんだと思います。こんな自分は、たとえあなたと結婚しても、おそらくチョウセン人であることをやめなかったでしょう」

彼は寂しく笑った。そして彼女を見ていう。

「お孫さんには、帰化したことを秘密にして欲しいといわれましたよね」

彼女はぎこちなく頷く。

「ええ」

「あなたには、今更チョウセン人に戻ろうという気はないんです。そう思います。一方で私はチョウセン人をやめる気がない。あなたは直感的にそのことを知っていたと思います。だから私に告白をしなかった。告白をすると、それこそ民族の狭間で二人は苦しむことになるだけですから、そんな状況で私が愛を取ったとしても、日本に膝を屈したという自責の念から、酒と女と博打に明け暮れる毎日を送ったでしょうね。とても今まで生きてないと思います」

彼は彼女を見る。目の前には若い頃の李美淑の姿があった。ぶくぶくと太った現在の姿ではなかった。彼は細くて可愛い、かつての彼女に向かっていう。

「あなたには守らなければならない親の財産がある。それを捨ててまで私と貧乏暮らしはできないでしょう。人間性を守るという私の考えに賛同して、本名を使って生きるなどということもできないでしょう。私たちは住む世界が違いすぎるのです」

彼女はいくつか頷く。そして口を開いた。

「だからこそ、私にはできないことを、いとも簡単にしているあなたに、惹かれたのかもしれません」

「私は何もしていません」

そういって彼はふっと顔を上げる。

「人間の定義の仕方にもいろいろあると思うんですが、何かをなしたということで評価される人間と、何をしなかったかで、評価される人間とが、いると思うんですよ」

「はい」

「何かを成したことで評価される人間は、功遂げ名を成した人たちです。何をしなかったかで評価される人間というのは、普通の人間だと思います。盗まなかった。殺さなかった。犯さなかったというふうにですね」

「ええ」

自分は父親を殺してしまったな、と彼は心の片隅で思う。それで地獄に堕ちるなら、堕ちるしかあるまい、と諦めている。彼はいう。

「私は意識してたった一つのことをしなかった。それは日本が忌み嫌うチョウセンであることをやめなかった、ということです。大したことではないけれど、自分の人生はそれだけの人生だったと思います」

彼女は黙っている。彼は続けた。

「しかし最近やっと分かるようになって来ました。どんなことでも人は一人では生きて行けません。私を雇う会社が日本のどこにもなかったなら、私は日本人のふりをしたことでしょう。通名を使って職を求めたと思います。今はそうでもないですが、若い頃は飢え死にするということを極端に恐れていましたから。しかし日本には、私が本名で働くことを認めて、雇ってくれる会社がありました。働いていても、私がしくじったときにかばってくれる人がいました。道を間違えて荷物の到着が遅れたときに、一緒になって頭を下げてくれた総務の課長さんがいました。荷台に触れて皿を割ったときに、荷主に謝ってくれた倉庫の主任さんもいました。そんな人たちのおかげで、私は今日まで生きてこれたと思います。間接的にですが、そういう人たちは、私が意地を張り続けることに協力してくれ、支えてくれたのです。みんな普通の日本人です。大げさにいえば、そんな人たちが真実、日本のプライドを守った人たちだと思います。人間性を捨てることを、拒否している私を、生きさせたということで、彼らは日本のプライドを守ったと思います」

彼女は無言で頷き、彼を見る。

「私の父はどうして帰化をしてしまったんでしょうか？　いまのような話しを聞くと、恨めしくなってしまいます」

彼は少し考える。そして、

「おそらく」

と応える。

「帰化することが自分の人間性を生かす道だと考えたんでしょう」

「え？」

「私はチョウセン人で在り続けることが自分の人間性を生かす道だと考えた。しかしあなたのお父さんは、日本人になることが自分の人間性を生かす道だと考えた。そしておそらくは、どちらも正しいんですよ」

彼女は黙っている。しばらくして彼女は口を開いた。

「でも何かを失ったような喪失感があります」

彼も頷く。そして考える。なかなか考えがまとまらない。あなたが死んでしまえば、その喪失感も消えてしまう、と答えたかったが、それでは残酷なような気がした。彼はいう。

「何かを得れば何かを失うものです。全てを得ることはできません」

そして彼は彼女を見ていう。

「いいお孫さんができたじゃないですか？　それで充分でしょう」

「そうですね。もう孫の時代ですものね。今さら何をいっても年寄りの繰り言ですよね」

レストランに入って二時間あまりが過ぎていた。金民基は杏子の赤い携帯電話を返した。そして求められるままに自分が使っている携帯電話の番号を教えた。

「たまに連絡してもいいですか？」

と彼女はいう。

「ええ。これからはあなたを木下さん、と呼びますよ。日頃からそうしておかないと、ミスクと呼んでしまいますからね。お孫さんと一緒に会う機会があると、それではまずいですから」

「そうですね。お願いします。だけど、少し寂しいですね」

「時は流れたんです。それでいいんじゃ、ないんですか？」

「金さんは相変わらず飄々としていますね」

彼女はそういってから少し考える。

「今は年金ですか？　もしお時間があるなら、うちのビルの管理会社で役員か何かをする気はありませんか？　そうすると一週間に一回ぐらいは、お会いできるようになると思うんですが？　もちろん役員報酬もお支払いします」

彼は頷いてから、

「ありがとう。だけど、何とか年金で生きていけるし、娘も稼いでいます。生活には困らないので、今まで通りでいようと思います」

「そうですか。相変わらず欲が無いですね」

ははは、と彼は笑った。

「欲を持たなかったから、今まで生き延びてこれました。そうでなかったらあらゆることに腹を立てて、日本を恨み、人生を呪い、酒の飲み過ぎで肝臓をやられて遠の昔に死んでいることでしょう」

「うちの亭主も不満が多かったんでしょうね」

「そうだったかもしれません。本人の心得違いに原因があるにしても、不満を持つ者は、酒や女や博打でうさを晴らします。お宅のご主人が酒の飲み過ぎで亡くなられたということは、本人なりのストレスがあったということでしょうね」

彼女は神妙な顔になる。

「今までそんな風に、あの人の立場で物を考えたことがなかったですね。なんだか悪いことをしてしまったような気になります」

彼女は、自分の何が夫を浮気や酒に走らせたのだろうか、と考えているようだった。彼はいう。

「私がいったことは気にしないで下さい。男はどれだけ惚れた女房を持っていても浮気をする動物ですから」

「金さんもそうなんですか?」

「ええ、同じですよ。ただ私の場合は浮気するだけの気力も経済力もなかったから、女房に逃げられて以来、ずっと一人でしたが」

「ほら、浮気をする人ばかりじゃないじゃないですか?」

「いえいえ、私はできなかったのです。しなかったのではありません。結果は同じですが、中身はだいぶ違います」

「金さん」

と彼女は彼を見る。

「本当に、これを機会に、たまには会ってくださいね」

ふむ、と彼は頷く。彼女は付け加えた。

「私が帰化したことに罪悪感を感じないで会える人は、金さんくらいのものなんです。他の人といるときには、いつも、いつバレるのか、と心配して気が休まらないんです」

彼は頷きながら、それでこれだけぶくぶくと太ってしまったのだろうか、と思う。彼女は立ち上がった。彼も立ち上がる。彼女はレジで計算を済ませた。そして、

「どちらまで行かれます？」

と聞く。

「すぐそこに地下鉄の駅がありますから」

「何線ですか？」

彼は利用予定の路線を答えた。彼女は、

「じゃあ、大手町までタクシーで行きましょう」

という。二人はタクシーに乗った。彼のほうが先に降りるので、彼女は太い体を折り曲げて先に乗った。彼もついて乗ると、香水の匂いがする。彼女の息が少し荒い。彼は哀れさを感じた。夫に愛されず、おそらくは一度もエクスタシーを経験しないまま、ストレスから太ってしまった自分を嫌悪している女。グローブのように膨れ、赤子の手のように白くぷよぷよしている手。その手を彼女は自分に握って欲しいと思っているのかも知れなかった。しかし自分には

精神的にも性的にも彼女を満足させてやるだけの能力がない。後になって失望させるよりは、最初から近づかないほうがいいと思う。大手町の交差点前で彼はタクシーを降りた。

「どうも、今日はありがとうございました。お気をつけて」

と彼はタクシーが走り去るのを見送った。

11

地の底からせり上がってくるような音がする。低い地鳴りが徐々に迫ってくる。地震か？と彼は目を開けた。揺れは感じない。隣の部屋でうめき声が聞こえる。ふすまを開けた。正子《まさこ》が空中に手を伸ばし、声にならない悲鳴を上げている。

「ヒー、タ、ス、ケ、エー」

そして、

「ヤ、メ、エー」

ともがく。彼は直ぐに正子の肩を揺する。

「おい、正子、どうした、しっかりしろ、正子」

声がやむ。息が荒い。正子はうっすらと目を開ける。焦点があってない。やがて焦点が合って彼を見ると、彼女はガバッと跳ね起きて、押入れのふすままで後ずさった。

「いや！」

と大声を上げる。

「正子、俺だ」

そういうと、少しして、

「ああ、お父さん」

と正子は、口の前に持っていった両腕をほどいた。明菜《あきな》は静かな寝息を立て続けている。

「どうした。悪い夢でも見たのか」

「え？　ええ、そうね。悪い夢ね」

それまでも正子は幾度となく、うなされていた。しかし今日のうなされ方は尋常ではなかった。正子は聞く。

「今何時？」

「三時半だ」

「そう」

「もう少し寝たらどうだ？」

「うん？　ああ、いや、シャワーをするわ」

と彼女は立ち上がる。四時半頃、正子は長いシャワーから出てきた。肩にタオルを掛け、濡れた髪を他のタオルで揉んでいる娘に彼は声をかけた。

「コーヒーを飲むか？」

「そうね、もらうわ」

正子は椅子に座る。彼は粉末のコーヒーを湯で溶いて出す。そして聞く。

「何か嫌な思い出があるのか？　磯村とのこととか？」

「お父さんの前だけれど、嫌なことばかりだったわ。聞かないで」

ふむ、と彼は頷く。

「すまんなあ。苦労させてしまった」

と彼は、横を向いていた顔を正子に戻して頭を下げた。彼は考える。あの親父の下では誰も幸せになることはできないと分かっていた。結婚すれば、妻を巻き込むのは自明のことだった。だから英子《えいこ》と結婚などしてはいけなかったのだ。それを結婚したばかりに、英子も、そして正子までも不幸にしてしまった。自分は、何ともどうしようもない男だ、と思う。

それから数日後の夜にも、正子はうなされていた。これだけいつもうなされているようだと、何とかしなければならないと思う。誰かに話せば次第に苦痛に慣れるようになり、気持ちが楽になるというのは、心理学の本を読んで分かっていた。そしてそれを専門とする医師がいることも知っていた。しかし、神経科は玉石混交で下手に通院すると薬漬けにされ、却って病人を作ることになる、という話しも本を読んで知っていた。どうしたものかと思う。娘は病院で働いているのだから、

「看護師とか医者に聞いて、まともにカウンセリングできる人を探せるんじゃないのか？」

と聞いてみた。

「そうかも知れない」

と正子は答える。しかしそれっきりである。通院する気配はない。一月程して彼は、

「お母さんの住所を知っているか？」

と聞いてみた。

「どうしてそんなこと聞くの？」

と正子はいぶかしがる。いつかトラックの中で「お母さんは可愛い人だ」といったのとはだいぶ印象が違う。正子はつけ加える。

「よりを戻すつもりなの？」

「それは分からない。会って話してみて、若かった頃のようにぶつかり合うことがなければ、一緒に暮らすように成るかもしれない」

「私、住所は知らないわ。だから埼玉の警察署で、お母さんの携帯が繋がらなかったときに、お父さんに連絡したのよ」

「ああ、そうだったな。だけど警察の帰りに、お母さんは一人で暮らしているといっただろう？どこにいるか知っているから、そういえたんじゃないのか？」

「最後に別れた時は一人だったという意味よ。今は本当に、どこでどうしているのか知らないの」

正子の表情はこわばっている。不必要に緊張していると感じる。それで彼は、英子の再婚相手を聞いたほうがいいと直感した。元妻が誰と再婚しようと彼の関心事ではなかったが、正子がどんな男を父親としていたかは、聞いておかなければならないと思った。

「そうだ。その話しを聞いてなかったな。お母さんはどんな男と再婚したんだ？」

正子は更に緊張する。

「別れたんだから」

と、何とかそういい、息を吸って続ける。

「関係無いでしょう？」

「今までは関係なかった。しかし英子と会ってみようと思うからには、知っていたい」

「どうして今さら、会いたいの？」

「私の歳になると、人間いつ死んでも不思議はない。だから生きている内に心の整理をしておきたいんだ。お母さんには悪いことをしたと思っている。だから一度会って、謝っておきたいんだよ。それに生活に困っているようなら、今までに貯めた貯金の半分は渡したいと思うし、そんなところだよ」

暫《しばら》く正子は立ったままでいた。やがて彼女は椅子に座る。正子が話すことが精神治療の一環になれば良いという思いがある。自分がカウンセラー役を果たせるとは思ってないが、正子がカウンセリングを受けるきっかけになればいいという期待感はあった。正子は重い口を開いた。

「お母さんは、一度も再婚してないわ。同棲してただけよ」

そうだったのか、と思う。

「まあ、それでもいいよ。相手はどんな人だったんだ？」

「最初の男は、生命保険会社の所長よ。お母さんは保険の外交員をしていたから、その男と仲良くなったのよ。奥さんと別れるという話しだったようだけど、結局はそうならなかった。昼間よくうちに来てたわ。月に一、二度は泊まっていた」

そういったきり、正子の顔はこわばっていた。息は荒くなるのを何とか抑えているといった感じだった。その男が泊まったときに、何かがあったのだ。あるいは昼間一人で来た時かもしれない。その男が中学生の子供に手を出すようなゲスな奴だったのだ。それで正子は自分のところに逃げてきた。しかし何もいえずにまた母親のところに戻っていった。彼はそう理解した。

正子は声を震わせながら話す。

「お母さんはよく尽くしていたけれど、結局は捨てられたわ。私がそいつを嫌いだったのも原因のうちの一つよ。いえ、私がお母さんの幸せを邪魔したんだわ」

「そんなことはないさ」

とすぐに彼はいった。

「そいつは、最初からお母さんを浮気相手としか見てなかったんだよ。だからお前は悪くない。その程度の男だと見抜けなかったお母さんと、その程度のことしかしなかった、その男が悪いんだ。お前は悪くない」

うん、うん、と正子はポロポロと涙を流しながら頷いた。それから荒い息を整える。涙が頬を伝わり、ジーパンの膝を濡らした。

「次の男は、中年まで独身だったしがないサラリーマンよ」

と正子は気を取り直して話す。

「保険に入ってくれたことが縁で付き合うようになったのよ。だけど結婚しようという段になって、女のほうが子連れで五歳年上で、おまけに韓国人だったから、親が許さなかったの。三年ぐらい同棲していたけど、別れたわ」

彼は正子に聞く。

「その男は、五歳年上の韓国人の女と結婚したいと考えていたのか?」

「お母さんの話しではそうだわ。親や親戚の反対で潰れたって、泣いてたわ」

「そうか」

と彼は頷く。その男は許せる、と思った。許せないのは保険会社の所長の方だった。そいつは適当に遊んだだけにすぎない。そして正子にまで手を出した。どこまで行ったのかは分からないが、そのことが正子のトラウマになっている。正子のトラウマを解くにはどうすればいいのだろうか? 自分が実の親でなければ正子のカウンセリングをできるのかもしれないが、実の親だから、特に性的な話しは聞きにくい。正子にしても話せないだろう。だから、今日のことがきっかけで、正子が医者に行く気になってくれれば、と願った。自分がその男を探しだして、半殺しの目に合わせることで、正子が元に戻るのならそうするが、しかし、心の傷はそんなことでは癒されないだろう、と思う。

彼は聞いた。

「お母さんの今の住所は知らなくても、携帯電話の番号は知っているだろう？　それを教えてくれよ」

正子は困った顔になる。彼は正子が不必要に何でも心配していると受け取った。

「番号が変わっていても構わんよ。昔のでいいから教えてくれ」

正子は渋々、携帯電話の画面を見せた。彼はその番号をメモした。

翌日の午前九時頃、彼はその番号に電話をしてみた。

「はい、どなた？」

とダミ声の女性の声がする。妻の通名《つうめい》は大村だったはずだと思い出す。

「えっと、大村英子さんの電話でしょうか？」

「大村英子う？　そんな人知らないよ。んーと」

何か続きを話すのかと思って待っていたが、沈黙が続く。テレビの音がこちらにまで聞こえてくる。

「もしもし、すみません。大村さんのお電話ではないんでしょうか？」

「大村あー？　あんた誰だい？」

「失礼しました。自分は大村英子の遠縁の者でして、訳あって、大村英子を探しているんですが。ご存知ないでしょうか？」

「あっそう。大村英子なら私だよ」

彼は思わず携帯電話を耳から離して睨んだ。初めは知らないといい、今度は自分だという。からかっているのだろうか？

「あの、そちらの住所を教えていただけないでしょうか？　直接お目にかかってお話ししたいことがあるんですが」

「ああ、そうかい」

スラスラと住所をいってくれた。そして、

「わたしゃ押し売りは嫌いだよ」

という。

「押し売りではありません。大村英子の遠縁のものです」

「大村英子う？　誰だいそれは」

再び最初に戻ってしまった。もしかしたらボケが入っているのではないだろうかと、不安になる。住所も聞いたし、とりあえず彼は電話を切った。

部屋はしんと静まり返っている。彼は考える。英子は自分より三つ下だから、五十九歳のはずだ。それでボケが始まるだろうか？　稀に若年性のボケもあるという話しだから、年齢はあてにならないのかもしれない。彼は不安な思いに包まれた。

大村英子を不幸にし、正子にトラウマを抱かせたのは、元はといえば自分の我欲のせいだ。

どうとでも成れという無責任な考えで結婚して、性欲を発散させるためだけに妻を抱いたのが原因だ。自分が諸悪の根源なのだ。その日はいろんな思いが錯綜して、動く気になれなかった。一晩寝てから、彼は元妻のところに行って見ることにした。手土産を持っていくのも何となく憚《はばか》られる。彼は手ぶらで教えてもらった住所を訪ねていった。

何度か道を確認しながら行ったが、その中の八百屋の女将さんが、

「ああ、ゴミ屋敷ね」

といった言葉が引っかかっていた。駅から幾つか道を奥に入り、自転車に乗っている婦人を止めて、再度道を尋ねた。

「ええとこれは、あのアパートですね」

と遠くに小さく見える建物を指さした。礼をいってその建物を目指す。近づくと、今は化石のような、木造モルタルの二階建てのアパートだった。庭には雑草が茂り、古タイヤや家具や錆びた自転車などが乱雑に積み上げられている。なるほど、これがゴミ屋敷の由来か、と思う。鉄製の階段は、半分腐っている。下手に踏んで踏み抜いてしまわないように、そろりそろりと彼は上がっていった。二階の埃っぽいコンクリートの廊下を歩くと、建物全体がゆらゆらと揺れる。奥の部屋が大村英子の部屋のようだ。ドアの前の廊下にガラクタが山と積まれ、テレビの音が漏れ出ている。

ベニヤ製の扉をノックした。テレビの音がしているだけで返事はない。再びノックする。や

はり返事はない。彼は仕方なくノブに手をかけた。ドアに鍵はかかってなくて簡単に開いた。袖なしのはんてんを来た老婆が、テレビを見ていた。通信販売の男女が大げさに商品を褒め上げている。部屋の中はガラクタの山である。ゴミの臭いがした。声をかけると、老婆はこちらを見上げる。彼は聞いた。

「あのう。こちらは大村英子さんのお宅でしょうか?」

「お宅は、だあれ?」

そういった声に何となく聞き覚えがある。彼は目を凝らして老婆を見た。髪の毛のほとんどは白くなり、皺まみれになって目もどんよりしているが、英子の面影があった。自分の妻だった女に違いない。ここまで落ちぶれたのかと愕然とする。彼は部屋に入って、彼女の前に膝をついた。

「おい、英子、俺だよ、金民基《キムミンギ》」

「は? どちらさん?」

「金民基だ。きむ、みん、ぎ」

「金さんですか?」

「そうだ、俺だ」

「これはどうも、初めまして」

彼はぞっとした。妻の目に狂気はない。本当に心の底から初めて会った人として接している。

まいった。ぼけてる、と思った。

彼女はぼんやりとテレビを見ている。理解できているのか理解できてないのか分からない。ただ、テレビを見ている。これでは聞きたいことも聞けない。どうしようか、と思う。しばらくすると、扉が開いた。

「おばあちゃん、こんにちわ」

とメガネをかけた四十代ぐらいの女性である。彼女は金民基を認めると、

「あれ、どちらさん?」

という。

「あ、自分は。彼女のもと夫です。幾つか聞きたいことがあって訪ねてきたんですが。ところで、そちらさんは、どなた様でしょう?」

「私はヘルパーです。毎日二時間ぐらい来ています」

「ああ、そうですか。それはどうも。彼女はいつ頃からこんな調子なんでしょうか?」

「親戚の方がいうには、二年ぐらい前からみたいですね。うつ病で病院に行きだしてからおかしくなったそうです。うつの薬を飲んで、その副作用でぼけになったと親戚の方はいってました」

「親戚とのつながりがあるんですか?」

「はい。ヘルパーの手続きも親戚の方がしたようです。自分たちは遺伝的にボケる家系じゃな

いのに、大村さんだけがボケてしまったのは、薬の副作用としか考えられないと怒ってました。まだらボケなんですよ、大村さん」

「まだらですか？」

「ええ。普通のボケは、昔のことは覚えていて、今のことをまるっきり忘れてしまうんですが、大村さんは今のことも昔のことも、適当に忘れてしまうんです。記憶がまだらなんですよ。だからまだらボケ」

「はあ、そうですか」

「親戚の方は今よりひどくなったら、施設に入れるといってました。それと、ここはオール電化にして、火を使わないようにしました。ろうそくもマッチも無しです」

「なるほど」

と彼は英子を見る。英子は彼をじっと見る。そして、

「あなたは、あなたじゃないですか？」

変ないい方だったが、いいたいことは分かった。夫婦だった頃、彼女は彼を「あなた」と呼んでいた。

「そうだ、俺だ」

彼女の形相が変わる。

「この人非人。人を人間扱いしないで、物みたいに扱って、あんたみたいなのと結婚したのが、

私の不幸の始まりだったのよ」

　掴みかかろうとしたのをヘルパーのおばさんが押しとどめた。

「骨でも折ったら寝たきりになるわよ」

　と彼女は英子を抱きとめる。英子はおとなしくなった。そしてヘルパーを下から見上げて、

「あら、さっちゃん」

　という。ヘルパーは彼を見て、

「私、さっちゃんじゃなくて、みっちゃんなんです。さっちゃんというのは大村さんの隣に住んでいて、北朝鮮に帰った仲の良かった友だちの名前です」

　とにこやかに笑う。英子にそんな過去があったとは彼は知らなかった。思えばまともに英子の昔ばなしを聞いたこともなかった。彼は英子を見る。英子はぼんやりとテレビ画面を眺めているだけだ。だめだ、人間が壊れている、と彼は思う。さっきみたいに自分を責め、罵ってくれる方がまだ気が楽だ、と思う。これでは自分が謝っても、英子の心には届かない。そして彼は考える。こうしてしまったのも自分が、しなくてもいい結婚をしてしまったからだ。父親の振りまく害悪を自分の代で防ぎ止めるには、誰とも結婚しないで、静かに死ぬべきだったと思う。英子を抱いたがために、正子まで苦しめている。原因は親父だ。もちろん親父をそんなどうしようもない人間にした大もとの原因は日本が作った。しかしそれが伝染するのを自分は止められなかった。父親には状況が見えてなかった。あいつには親孝行をしてもらって楽に暮ら

そういう欲《よく》しかなかった。しかし自分には差別と恨みの循環構造が見えていた。見えているものは止めなければならない。それだのに自分は、止められなかった。どうでもいいやと投げやりになって結婚した。そして自分の性欲を処理するために、英子の人格を無視したセックスを続けた。その結果正子が生まれ、恨みを次の世代にまで伝えてしまった。一番悪いのは、自分だ、と思う。

その夜、彼は正子に母親の状態を告げた。

「お前は、お母さんがボケてしまったことを知っていたのか?」

「圭子さんからある程度は聞いていたけれど、そこまでひどいとは知らなかったわ」

圭子というのは、英子の兄の娘すなわち正子のいとこだった。

「そうか」

と彼はうなだれる。この件で正子を責めることはできない。離婚したから自分にも法的な責任はないが、しかし彼女の人生を狂わせた道義的責任は重い。自分の煩悩が、英子と正子という二人の人生をボロボロにした。

春がきて
あなたは誰と
我妻は

不謹慎な気もしたが、彼はとりあえず頭に浮かんだ句をノートに書き留めた。

妻の手相
記憶も溶けし
雪が解け

そうやって俳句を詠んでいる内に「妻」という言葉を自分が使っていることに気がついた。そうか。既に自分の潜在意識は、英子を「妻」と思っているのだ、と感じた。彼女を引き取ることを考える。向こうの家族とも顔を合わせなければならないだろう。きついこともいわれるに違いない。しかしこのまま英子を壊れていくに任せていいものだろうか？　自分には時間はいくらでもある。歴史を知りたい、文化を知りたいといってもそれは自己満足だ。自分以外の誰一人の心も楽しませることはできない。完全な自己満足の世界だ。

英子は私のことを分からない。分かる時は口汚く罵るだろう。介護はそれほど簡単ではないと想像がつく。夜中に歩きまわる彼女を探してこちらも歩きまわらなければならないだろう。肉体的にも精神的にもしんどい思いをするだろう。引き受けるんじゃなかったと愚痴をいうかもしれない。しかし虐待まではしないだろうという漠然とした自信はある。何といっても自分は生きないで今まで生きてきたのだ。これからも生きないだけのことだ。

　彼は正子に、

「お母さんを引き取ろうと思う」

　といった。

「再婚するの？」

「いいや。必要ならばそうしてもいいが、必要ないだろう。とりあえず同居して、あいつの面倒を見ようと思う。いずれ必要になったら、下の世話も俺がしてやるよ」

「どうして？　離婚したんだから、そこまでする必要はないでしょう？」

「罪滅ぼしだよ。今まであいつに碌《ろく》な事をして来なかったから」

　正子は厳しい顔でいう。

「私が毎日うなされているから？」

　彼は正子の顔を見る。それとは関係がないといいたかったが、もしかしたら関係しているかもしれない、とも思う。正子は続ける。

「私がうなされていることと、おかあさんとは関係がないわよ」

　正子は混乱した表情をしている。

「なぜって、それは」

　放っておくと正子はそのままトラウマを口にしてしまいそうだった。彼はとっさに口を開いた。

「罪滅ぼしだよ。お前とは関係がないことだよ。私が英子に罪滅ぼしをしたいだけのことなんだ」

正子は黙った。そしてそのまま暫く黙ったままでいた。彼女の右目から、涙がツルッと、ひとつ滑り落ちた。彼女は右手の人差指でそれを拭っていった。

「お父さんって、いい人だね」

え？　と彼は心の中で思った。俺っていい人だったのか？　そんなはずはないだろう、と思う。しかし心が暖かくなり、それが全身にじわじわと広がっていくようだった。娘に救われた、と彼は感じた。親父の害悪を少しは次の世代に伝えないで済んだようだ、と思う。子供とはありがたいものだ、と考えた。こんなにも自分の心を豊かにしてくれるものだったのだ、と初めて知った。

彼は正子にいった。

「そういってくれて、ありがとう」

涙が出てきそうだった。すぐに横を向いた。

12

「先生、脳波が乱れています」

「そうね。どうもまた妄想の世界にいるみたいね」

「どうしましょうか？」

「保険の患者だしね。この注射でいいわ。起きて騒ぎ出すと疲れるから、少し寝てもらいましょ」

金民基《キムミンギ》の意識は宙を漂っている。

女医は大迫杏子《おおさこきょうこ》だ。へええ、東大の医学部を出たのか？　と思う。しかし待てよ。適当に治療されているのは自分だぞ。おい、そんな適当なことをするな、と金民基は叫ぶが、しかし誰も気がつかない。

「この患者は私が援助交際を申し込んだと思い込んでいるから、目がさめると私に抱きついてくるのよ。全く嫌になっちゃうわ。この間は床に押し倒されてしまったし」

注射を終えた女性看護師がいう。

「先生のことを好きだから、妄想の相手に選んだんですよ」

「いい迷惑だわね。高齢化になると、こんな変な患者ばかりになっちゃうのよね。いい歳をしてソープ通いをしていたくせに、三十年間童貞だったと思い込んでいるんだから、おめでたいおじいちゃんよ」

「案外絶倫かもしれませんね」

「なにいってんの。あなた、この患者のピーニス見たことないの？」

「見たかもしれませんが、記憶に残っていません」

「枯れ枝みたいなもんよ。ブクブク太っているくせに、一日一食で生きていると思い込んでいるんだから。小さくて細い自分のものを見て、自分の体も細いと思い込んでいるのよ。単純なんだから。ボケて死ぬより、高脂血症で死ぬほうが先だわね」

ほほ、と遠くで笑い声がする。

彼は思う。俺って、ちびで、デブで、短小だったんだ。そして頭がぼけていて人間が壊れかかっているのが、本当の自分の姿だったんだ、と知る。今まで見ていたのは、俺が創りだした妄想の世界だったというわけか？　杏子や山本由恵《よしえ》だけでなく、その他の総てが俺が創りだした妄想に過ぎなかったのか？

まあいいや。今まで見ていた妄想の世界が真実であっても、ちびで、デブで、短小の自分が真実であっても、大した違いはないだろう。過ぎた時間は夢のようなものだ。妄想と同じで手に触れることはできない。

しかし現実の杏子に馬鹿にされるのは嫌だな。妄想の中ではいい関係だと思っていたのに。ちょっとまてよ。杏子が俺を治療している医者だとすると、木下淑子《としこ》はどこに行ってしまったんだ？　俺が告白するのを待っていたとかいっていたあの女も、実在しないのか？　こんなだったら妄想の中で山本由恵を抱き、木下淑子のぷよぷよの肉に溺れてしまえばよかった。しかし、あれだけ鮮明な日々が妄想の産物だったなんて、とても信じられないことだ。

金民基は気がつくと布団の中にいた。夢か？　辺りはまだ暗い。今のは何だろう？　夢だったのか？　と思う。変な夢だ。夢の中で俺は、ちびでデブで短小の男が創りだした妄想の産物だった。

現在只今《ただ》の俺は、あの男が見ている妄想の産物だろうか？　あるい今の俺があいつの夢を見ていただけなのか？　今が幻想の中なのか、さっきのが夢だったのか判然としなくなる。どっちの俺が本当の俺なんだろうか？

俺は本当は誰で、どんな人生を生きたのだろうか？　まあいいさ。何が現実であっても、過ぎ去った現実は夢と変わらない。だから夢も幻想も似たようなものだ、と思う。

彼はもう少し寝ようと目を閉じた。

猛烈に眠かった。夢のなかで注射を打たれた光景が蘇る。これだけ眠いということは、あの注射は現実だったのかもしれない、と考えた。その一方で、それを見ている自分がいるからには、これは夢に違いない、とも思う。

妄想で創られた自分が夢を見ているのか、あるいは自分が見ている夢の中の男が妄想を創り出しているのか、どうもよく分からないと彼の意識は、暗い淵に向かって堂々巡りをしていた。自分を見つけようとしても、自分で自分が分からないのと同じだな、と心のどこかで思った。

彼は眠りに落ちた。

著者経歴　李起昇《イキスン》

一九五二　山口県、下関に生まれる。在日二世。母親は日本人。母親は結婚後、日本の当時の国籍法の定めにより韓国籍となった。以後、日本人でありながら在日韓国人として生きた。

一九七一　福岡大学商学部入学
日本の大学はサラリーマンを養成するところであって、起業家を育成するところではなかった。失望して、小説家を目指す。公認会計士を目指したこともあったが、当時の資格ガイドブックには「外国籍の者には受験資格がない」と書いてあり諦めた。

一九七六　韓国の在外国民教育研究所に言葉と歴史を学ぶために留学。

一九七六〜一九八一　日本に戻り、民団青年会下関支部及び山口県本部の教育訓練部長をした。言葉と歴史を教えた。女子部長をしていた趙寿玉（チョウ　スオク）と結婚。

一九八一〜一九八三　民団中央本部勤務
趙寿玉は舞踊を本格的に習得すべく、一年ほど韓国に留学した。その間李起昇は一人で日本にいて、民団に勤務していた。

一九八五　「ゼロはん」で講談社の群像新人賞受賞。公認会計士試験に合格。

一九八六　「風が走る」発表

一九八七　「優しさは海」発表

一九八九　「きんきらきん」「西の街にて」発表

一九九〇　「沈丁花」発表

一九九〇～一九九五　中央監査法人のソウル駐在員として韓国の三逸会計法人に勤務する。
家族とともに韓国で暮らした。趙寿玉は海外在住の韓国人としては初めて舞踊の人間国宝（重要無形文化財第97号サルプリ）の履修者になった。趙寿玉は以後、舞踊家として活躍する。

一九九五　「夏の終わりに」発表

一九九六　公認会計士事務所開業

一九九九～二〇〇一　韓国電子（韓国一部上場会社）の社外取締役を務めた。

二〇〇〇　在日韓国人本国投資協会東京事務所長を務めた。

二〇〇〇～二〇〇一　民団中央本部21世紀委員会経済部会、部会長を務めた。
商銀の銀行化案を作成し、提言した。

二〇〇二　税理士登録をする。

二〇〇二～二〇〇四　日本公認会計士協会資産課税等専門部会専門委員を務めた。

二〇〇四～二〇一二　「パチンコ会計」発刊。
独立開業してまもなく、パチンコのシステムを勉強する機会に恵まれた。分かってみると会計の専門家は今までに何もしてなかったのと協力してくれる出版社があったので、解説書を書いた。
パチンコ関連の専門書は五冊刊行した。

胡蝶

2013年3月4日　初版発行

著者　李起昇
発行人　田中一寿
発行　株式会社フィールドワイ
〒101-0062　東京都千代田区神田駿河台3-1-9　日光ビル
電話　03-5282-2211（代表）
発売　株式会社メディアパル
〒162-0813　東京都新宿区東五軒町6-21
電話　03-5261-1171（代表）

印刷・製本所　シナノ印刷株式会社

ISBN978-4-89610-264-2

Printed in Japan